Ein Koffer voller Buchstaben

Impressum

Autorin:
© 2012 by Gaby Bessen
http://annalenaslesestuebchen.wordpress.com/
http://visitenkartemyblog.wordpress.com/
Herstellung und Verlag:
Books on Demand GmbH, Norderstedt
Covergestaltung: http://www.entwurf-satz-druck.de
Coverfoto: ©Rainer Sturm, www.pixelio.de

ISBN 9783848217748

Gaby Bessen

Ein Koffer voller Buchstaben

Lustige und besinnliche
Buchstabenkompositionen
zum Lesen und Vorlesen

Inhalt:

Ein neues Jahr

Aufgeschlagen
wie ein Buch,
weiß die Seiten,
unbeschrieben,
unbefleckt.

Wir werden sie füllen
ein jeder von uns,
einsam, gemeinsam,
rot, mit Tinte der Liebe,
schwarz, die Tinte im Leid.

Machen wir uns
zum Aufbruch bereit,
das Jahr zu entdecken,
es aufzuwecken,
sein Geheimnis zu finden,
den Sinn zu ergründen.

Momente

Der große Moment saß zufrieden auf der Bank und ließ sich von der Wintersonne wärmen. Er genoss die Stille um sich herum und atmete tief in sich hinein. Er wusste, dass seine Zeit begrenzt war. „Kommt, beeilt euch", hörte er ein zartes Stimmchen rufen. Er blinzelte und sah die vielen kleinen, hüpfenden Momente, die am Seeufer entlang eilten.

„Nicht so schnell", rief er, „wartet."

Die kleinen hüpfenden Momente hielten inne und starrten ihn verwundert an. „Wir müssen uns beeilen, unser Leben ist so kurz", rief der erste kleine Moment. „Ihr irrt. Kommt her, ich habe euch etwas zu sagen." Unsicher blickten sich die kleinen Momente an, unschlüssig, ob sie auf den Ruf des großen Momentes hören oder weiter eilen sollten. Aber ihre Neugier war geweckt worden und sie umringten den großen Moment.

„Ich weiß, dass unser aller Leben kurz ist, aber ihr seid zu ungeduldig. Eure Eile tut euch nicht gut. Entspannt euch und haltet einen Moment inne."

Die kleinen Momente saßen geduldig um den großen Moment herum und schlossen ihre zarten Äuglein. Der wärmende Schein der Sonne umfing sie und sie verschmolzen zu einem einzigen, großen Glücksmoment.

Worte und Bilder

sind erneuerbare Energien.
Sie bereichern unser Leben
ohne Radioaktivität,
ohne Bedrohung,
ohne Castortransport,
ohne Endlagerung.
Gehen wir
verantwortungsvoll
mit ihnen um.

Gewitterwolken

Die Sonne fühlte sich erschöpft. In den letzten Tagen hatte sie all ihre Kraft aufgeboten, die Natur zu erwärmen und die Menschen zu erfreuen. Ein buntes Blütenmeer und gut gelaunte, zufriedene Menschen entschädigten sie dafür. Der Frühling war noch nicht zu Ende und der Sommer stand noch bevor. So beschloss die Sonne, sich eine kurze Auszeit zu nehmen und stellte einen Energiesparplan auf. Nach langem Suchen fand sie ein paar Schäfchenwolken, die verspielt auf der Himmelswiese herum tollten und vor lauter Spaß und Freude fast aus ihrer blumenkohlartigen Form fielen.

„Ich brauche Euch, kommt doch mal zu mir", rief die Sonne mit müder Stimme. „Muss das jetzt sein?", fragte eine fluffige Schäfchenwolke zurück.

„Wir spielen gerade so schön."

„Ja, das muss sein", lautete die strenge Stimme der Sonne. Etwas in ihrer Stimme duldete keinen Widerspruch. Schuldbewusst schwebten die Schäfchenwolken zur Mutter Sonne und blickten sie an.

„Wo sind die Regenwolken?", fragte sie unvermittelt. „Vorhin waren sie noch hier", antwortete eine kleine Schäfchenwolke mit sanfter Stimme. Das erfahrene Auge der Mutter Sonne erblickte in einiger Entfernung eine gleißende Wolkendecke und befahl dem Wind, sie unvermittelt zu ihr zu pusten. Es dauerte nicht lange und auch die Regenwolken waren um Mutter Sonne versammelt und hörten sich schweigend ihren Energiesparplan an.

„Ich verlasse mich auf Euch. Gönnt mir ein paar Stunden der Ruhe, dann könnt Ihr weiterhin eure Zeit genießen, bis ich Euch wieder brauche. Aber nur, wenn ihr in der Zwischenzeit keinen Blödsinn macht!"

Sommerwiesenblumenstrauß

Ein Sommerwiesenblumenstrauß,
in jedem Jahr ein Augenschmaus.
Wie schafft der Frühling das denn nur,
ganz ohne Anti-Aging -Kur?

Geplänkel aus dem Kiez

Im Zeitungsladen:
„Moin."
„Moin."
Der Zeitungsverkäufer Ole Petersen legt Willi Schneider aus dem ersten Stock die Tageszeitung hin, ein morgendliches Ritual gegen halb acht.
„Gibbet wat Neues?"
„Nö. Nichts gehört. Ist ja auch noch früh am Tag."
„Na, dann. Bis morgen."
„Jo, mach' et jut."
„Jo, du auch."

Beim Bäcker:

Willis nächster Weg führt ihn zum Bäcker, jeden Morgen, um kurz nach halb acht.

„Moin."

„Moin."

„Wie immer?"

„Wie immer."

„Noch wat?"

„ Nö, heute nicht."

„Grüß schön."

„Du auch!"

Willis Frau trifft die Bäckersfrau zwei Stunden später auf dem Friedhof. Die Angehörigen beider Frauen haben ihre letzte Ruhestätte nebeneinander. Beide Frauen pflücken verwelkte Blüten ab und haben einen Strauß frischer Gartenblumen mitgebracht.

„Moin Ilse."

„Moin Herta."

„Heiß heute."

„Kreislaufwetter."

„Haste gehört, die Frau vom Fleischer Karl ist gestorben."

„Sach bloß! Wie das?"

„Herzinfarkt - ging ganz schnell."

„Da hat se ja Glück gehabt."

„Jo. Schöner Tod, kurz und schmerzlos."

„Armer Karl."

„Jo, sie war noch gar nicht alt." Schweigend versorgen beide die Gräber und hängen ihren eigenen Gedanken nach.

Nach kurzer Zeit trennen sich ihre Wege. Ilse muss zum Arzt, Herta geht zum Frisör.

Ilse beim Arzt

Ilse ist gerade in die „Bild der Frau" vertieft, als sich Heide aus dem Nachbarhaus neben sie setzt.

„Moin Ilse."

„Moin Heide."
„Wat is los mit dir?"
„Der Rücken, wie immer. Und bei dir?"
„Die Knie. Auch wie immer."
„Bei dem Wetter auch kein Wunder."
„Nee, das ist doch kein Sommer".
„Wahrhaftig nicht."
„Hast du schon von Frieda gehört?"
„Furchtbar! Der arme Karl."
Das Gespräch wird unterbrochen, denn Ilse wird ins Sprechzimmer des Orthopäden gerufen.
„Mach et jut."
„Jo, du auch."

Herta beim Frisör
„Wat kocht man denn bei der Hitze?"
Die Frisörin schlägt einen Salat mit Thunfisch vor.
„Dat kann ich meinem Ole nicht zumuten. Der fragt mich doch glatt, ob er plötzlich wie ein Karnickel aussieht!"
„Der Ole könnte ruhig mal ein paar Kilos abspecken."
„Meinen Sie?"
„Aber ja".
„Et jeht ihm aber jut. Nur manchmal tun seine Jelenke weh."
„Deshalb sollte er ja ein paar Kilos abnehmen."
Herta sieht an sich herunter und wird auf einmal still.
Beim Bezahlen flüstert sie der Frisörin zu:
„Heute mache ich Salat. Ein paar Kilos weniger würden mir auch gut zu Jesicht stehen."

Getratsche im Kiez

Sie stand am Gartenzaun und schaute verstohlen nach rechts und links, während sie ihre frisch gewaschene Wäsche auf die Leine spannte. Der laue Herbstwind begann unvermittelt, die geblümte Mikrofaserbettwäsche sachte hin und her zu schaukeln. 'Na endlich', dachte sie, als sich die Terrassentür der linken Nachbarin öffnete, die mit einem Wäschekorb bepackt, zielstrebig auf ihre Wäschespinne zueilte.

„Guten Morgen, Frau Schneller, das Wetter ist so mild, dass man es doch glatt ausnutzen muss." Ohne eine Antwort oder eine Geste der Gesprächsbereitschaft abzuwarten, stürzte Frau Saubermann mit ihrem leeren Wäschekorb an den Gartenzaun und blickte Frau Schneller gespannt entgegen.

„Guten Morgen", antwortete Frau Schneller, leicht genervt. Sie schien in Eile zu sein, denn im Gegensatz zu Frau Saubermann sah sie aus, als würde sie das Haus gleich verlassen wollen.

Frau Saubermann war Hausfrau, durch und durch. Ihr Lebensabschnittsgefährte verließ bereits in der Früh das Haus, um den Lebensunterhalt zu erwirtschaften, der Frau Saubermann in die glückliche Lage brachte, zu Hause bleiben zu dürfen. Eigene Kinder waren dem Paar versagt geblieben. Dafür wurde der Hund des Hauses, ein weißer Königspudel, wie ein Kind ins Herz geschlossen und dementsprechend verwöhnt und verhätschelt und getätschelt.

Frau Saubermanns Tag begann mit einem spärlichen Frühstück, bestehend aus einer Tasse Grünem Tee und zwei Knäckebrotscheiben, mit einem Hauch cholesterinfreier Margarine bestrichen. Mit diesen Energiespendern stürzte sich Frau Saubermann nach dem Frühstück in ihre Hausarbeit. Mangels anderer Beschäftigungen hatte sie im Laufe der Zeit eine regelrechte Putzphobie entwickelt. Herr Saubermann kam meist nicht vor neunzehn Uhr nach Hause. Möglicherweise hatte er als leitender Angestellter einer führenden Bank sehr viel zu tun. Möglicherweise hatte er aber auch genug von einer durch und durch sagrotanerfüllten Luft in einem durch und durch sterilen Haus, in dem er Abend für Abend von einer Frau mit Zahnpastalächeln und einem frisch gebadeten Hund, einträchtig nebeneinander auf dem Sofa sitzend, empfangen wurde.

Frau Saubermanns Tag war angefüllt mit diversen Beschäftigungen. Aber da ihr ein Gesprächspartner fehlte, mit dem sie sich wirklich austauschen konnte, war eine bestimmte Zeit des Tages reserviert, zu beobachten, was um sie herum geschah. Wichtiges nach ihrer Ansicht fand Platz in einem kleinen Notizbuch, das in der Küche neben dem Fenster lag. Nach einer gewissen Zeit konnte Frau Saubermann die Tagesabläufe in ihrer Nachbarschaft mühelos rekonstruieren. Mit diesem hart erworbenen Wissen zog sie gegen Mittag los, um ihre Einkäufe für das Abendessen zu besorgen. Das biografische Gerüst ihrer unmittelbaren Nachbarn füllte sich nach einem kleinen Plausch beim Bäcker, einem Smalltalk beim Fleischer, und die redselige Verkäuferin im Zeitungsladen lieferte ihr das eine oder andere Steinchen, das ihr auf ihrem häuslichen Basteltisch noch fehlte.

Frau Schneller hatte ihre Wäsche aufgehängt, zögerte und blieb dann aber doch mit einem Blick auf ihre Armbanduhr am Gartenzaun stehen.

„Frau Saubermann, geht es Ihnen gut?"

„Danke der Nachfrage, liebe Frau Schneller." Ohne auf die Frage nach ihrer Befindlichkeit zu reagieren, stellte sich Frau Saubermann näher an den Gartenzaun, warf rasch einen Blick nach rechts und links und blickte Frau Schneller vielsagend an.

„Haben Sie schon gehört, dass Herr Peters aus der Forststraße ausgezogen ist?" „Herr Peters?", zögerte Frau Schneller, „der Name sagt mir nichts. Helfen Sie mir auf die Sprünge."

„Sie wohnen ja noch nicht so lange hier", antwortete Frau Saubermann voller Verständnis, wie auf Knopfdruck. Die gute Frau Schneller hatte noch viel zu lernen und zu erfahren, dafür wollte Frau Saubermann gerne sorgen.

„Peters haben das erste Haus in der Forststraße, Ecke Waldstraße, gleich rechts, das erste Grundstück mit der schweinchenrosa Fassadenfarbe."

Frau Schneller dämmerte, wen Frau Saubermann meinte, aber nicht, weil sie Herrn Peters kannte, sondern weil sie diese Farbe für eine

Hausfassade grässlich fand. Um sich innerlich selbst zuzustimmen, blickte sie kurz auf ihre strahlend hellgraue Fassade, denn grau war ihre Farbe, von der Gesichtsfarbe bis zur Unterwäsche.

„Nun, das kommt in den besten Familien vor", entgegnete Frau Schneller etwas gelangweilt, nicht bereit, sich von Frau Saubermann bis ins Detail über das Liebesleben in der Nachbarschaft aufklären zu lassen. Schon suchte sie nach einem Vorwand, sich schnell aus dem Staube zu machen, als Frau Saubermann fortfuhr:

„Ich hätte meinem die Koffer auch vor die Tür gestellt und vorher sogar eigenhändig gepackt. Die Tussi, mit der er herumzieht, könnte schließlich seine Tochter sein." Frau Schneller hatte keine Gelegenheit mehr, sich dem Redeschwall von Frau Saubermann zu entziehen und hörte sich geduldig deren gesammelten Beobachtungen, Notizen und verbalen Ergänzungen aus der Geschäftswelt an. „Arm in Arm ... arme Ehefrau ... sie so zu hintergehen ... bringt sie sogar nach Hause ... zweiter Frühling ... angesehener Beamter ... spricht sich doch herum ... eine moralische Schande ... Frau Peters in ihrer Stellung ... mit zwei großen Koffern das Haus verlassen ... braucht sich hier gar nicht mehr sehen lassen ..."

Frau Saubermann hatte Herrn Peters mehrfach in Begleitung einer jüngeren Frau gesehen, die im Hause Peters mittlerweile ein und aus ging. Frau Peters war eine engagierte Politikerin, die sich in erster Linie um die Belange junger, ungewollt schwanger gewordener Mädchen und deren Probleme kümmerte, jungen Familien bei der Bewältigung von Schwierigkeiten half und viel Zeit und Geduld für deren Belange aufbrachte. Sie hatte einen sehr guten Ruf in der Kleinstadt und war über alle Maßen bei Jung und Alt beliebt.

„Jedenfalls hoffe ich, dass sie darüber hinwegkommt und er mächtig auf die Nase fällt", endete Frau Saubermanns Bericht, mit dem Nachsatz: „Eines Tages wird sie mir dankbar sein."

„Wofür dankbar?" Frau Schneller glaubte, sich verhört zu haben und ahnte Böses.

„Ich habe Frau Peters angerufen und von Frau zu Frau mit ihr gesprochen, was ihr Gatte so hinter ihrem Rücken treibt."

Das ging Frau Schneller doch zu weit. Spekulationen dieser Art waren ein gefährliches Unterfangen. Sie hob zu einer Erwiderung an, als die Aufmerksamkeit der beiden Frauen durch das Erscheinen des Briefträgers jäh unterbrochen wurde.

„Frau Saubermann, ein Paket für Sie!"

„Nanu", sagte Frau Saubermann ein wenig überrascht und bedauerte, ihr angenehmes Pläuschchen mit Frau Schneller unterbrechen zu müssen. „Ich habe doch gar nichts bestellt."

Frau Schneller schluckte ihr aufsteigendes Befremden über Frau Saubermanns eifrige Aktivität herunter und nutzte die Gelegenheit, sich eilig zu verabschieden, da sie zur Arbeit müsse. Ungeachtet ihrer Lockenwickler, ihrer hautengen Leggins und ihres T-Shirts mit dem tiefen Einblick eilte Frau Saubermann zum Gartentor und nahm dem Briefträger das Päckchen ab.

„Wenn Sie sich einen Moment erfrischen und mit mir einen Tee trinken möchten, dürfen Sie gerne hineinkommen", flötete Frau Saubermann dem jungen, gut gebauten Mann entgegen. Dem fiel sofort der grässliche Grüne Tee ein, mit dem Frau Saubermann ihn einmal geködert hatte und schob vor, es heute besonders eilig und sehr viel zu tun zu haben.

„Danke, ein anderes Mal gerne", antwortete er höflich, schwang sich in sein gelbes Postauto und fuhr eilig davon, als sei der Leibhaftige hinter ihm her.

Frau Saubermann trug das Paket auf die Terrasse. Neugierig riss sie es auf, brach sich dabei einen aufgeklebten feuerroten Nagellack ab und erstarrte.

Ein äußerst ekelerregender Geruch entstieg dem Paket. Und mitten auf dem Inhalt lag ein großer Zettel mit schwarzen Druckbuchstaben:

SOLLTEN SIE ES NOCH EINMAL WAGEN, IHRE NASE IN FREMDE ANGELEGENHEITEN ZU STECKEN, IST DIE NÄCHSTE MITTEILUNG EIN LKW VOLLER KUHMIST, MITTEN AUF IHREN GEPFLEGTEN ENGLISCHEN RASEN.

Wir behalten uns vor, Sie wegen Verleumdung anzuzeigen, sollten Sie noch einmal Unwahrheiten in die Welt setzen.

Mit freundlichen Grüßen

Irene und Helmut Peters.

Tagtägliches

Die junge Frau war genervt. Die Schlange an der Kasse wurde immer länger und ihre Ablösung war noch nicht in Sicht. Lautstark schimpfte eine ältere Dame vor sich hin. Scheinbar dauerte ihr alles zu lange. ‚Rentner!', schoss es der jungen Frau durch den Kopf. ‚Den ganzen Tag über haben sie Zeit, sie müssen aber ausgerechnet dann einkaufen, wenn die Berufstätigen kommen. Und regen sich dann noch künstlich auf, wenn sie warten müssen.'

Sie seufzte und wandte sich dem nächsten Kunden zu.

Endlich kam ihre Kollegin. Sie wollte den Kunden noch abkassieren und dann in ihre wohlverdiente Pause gehen.

Mit einem freundlichen Blick nickte die Kollegin einem jungen Inder zu, der mit seinem voll beladenen Einkaufswagen der übernächste Kunde war.

„Junger Mann, kommen Sie zu mir." Der Inder, den Kopf mit einem schwarzen Turban umhüllt, blickte sie unsicher an. Scheinbar hatte er sie nicht verstanden. „Come to me, you are the next."

„Sorry", antwortete er und schob seinen Wagen umständlich zur anderen Kasse. Doch schon war die zänkische ältere Dame mit ihrem Wagen vor ihm und drängelte sich vor. ‚Die schon wieder!' Innerlich rollte die Kassiererin mit den Augen und beschloss, diesem unangenehmen Weib heute die Stirn zu bieten.

„Sie stellen sich bitte an, bis Sie an der Reihe sind", forderte die Kassiererin sie freundlich, aber bestimmt auf.

„Wo gibt es denn so etwas?", fauchte die ältere Dame und warf dem Inder einen giftigen Blick zu.

„Bei mir! Der junge Mann ist vor Ihnen dran."

Verunsichert blickte der Mann zwischen der Kassiererin und der älteren Frau hin und her.

Das wollte die ältere Frau jedoch nicht hinnehmen. Sie schimpfte wie ein Rohrspatz, faselte etwas vom Kunden, der König sei, rief nach dem Geschäftsführer und drohte damit, diesen Laden nicht mehr zu betreten.

„Schieben Sie Ihren Wagen an die Seite, dann können Sie gern gehen und sich einen anderen Laden suchen."

Der Kundin blieb der Mund offen stehen. Sie überlegte einen Moment, beschloss aber dann, sich ruhig zu verhalten und zu warten, bis sie an der Reihe war.

Aus dem Hühnerstall

Glückliche Hühner fühlen sich in einem Harem sehr wohl. Ihr Hahn sorgt neben der Fortpflanzung auch für ihren persönlichen Schutz und den sozialen Frieden in seinem Harem.

Nach einem ausgiebigen Nickerchen streckte sich der Hahn, reckte die Glieder und blinzelte in die Sonne. In seinem Harem war es für diese Uhrzeit außergewöhnlich ruhig. Keine Rangeleien, keine Streitigkeiten? Ein ungutes Gefühl beschlich ihn, und er machte sich leichten Fußes auf, um nach seinen Hennen zu sehen.

Blass, zusammengekauert und apathisch lagen seine Hennen dicht an dicht aneinander gekuschelt. Während sie bei seinem Eintreten üblicherweise aufgeregt umher stolzierten, sich ihre Federn in die richtige Richtung strichen und dem Hahn schöne Augen machten, nahmen sie bei seinem Eintreten kaum Notiz von ihm.

„Was ist denn hier los?", fragte er mit donnernder Stimme. Fingen diese Zicken etwa eine heimliche Meuterei an? Er war zu jeder ausgesprochen liebevoll und freundlich und bemühte sich ehrlichen Hahnenherzens, keine zu vernachlässigen.

„Lieber Hahn, irgendetwas stimmt hier nicht." Seine älteste Henne hob den Kopf und sah ihn aus glasigen Augen an.

„Was ist vorgefallen? Hattet ihr Streit?"

„Aber nein. Es scheint, als hätten wir uns alle den Magen verdorben."

Ratlos blickte der Hahn sich um. Der Hühnerstall glich einer Kranken-station. Jegliches Leben schien aus seinen Hennen gewichen zu sein.

Er entdeckte ein paar Futterkörner und roch daran. ‚Igittigit', schoss es ihm durch die Nase. Das roch aber seltsam. Obwohl sein Magen selbst nach etwas Futter verlangte, vermied er es, von dem Futter zu fressen.

Er musste etwas unternehmen. Seinem wachsamen Auge war nicht entgangen, wo der Bauer das Futtermittel lagerte. Dorthin stolzierte er, umsichtig aufpassend, dass er dem Bauern nicht über den Weg lief. Als er den Schuppen mit dem Futtermittel betrat, schlug ihm ein unange-nehmer Geruch in die Nase. Er war überzeugt, mit dem neuen Futter konnte irgendetwas nicht stimmen.

Er zog sich zurück und brütete nach einer Lösung, wie er sein Leben und das Leben seiner Hennen retten konnte.

Der Lehrer
- dein Freund und Helfer?

Aufatmend ließ ich mich auf das Sofa fallen. Was war das für ein ver-rückter Tag gewesen? Ich griff nach einer Zigarette. Noch immer pul-sierte es in meinen Adern, als hätte ich den ganzen Vormittag auf dem Sportplatz verbracht.

„Schnurstracks" hatte sich heute wieder von seiner besonders ekligen Seite gezeigt. Als hätte er es geahnt, ließ er uns heute einen unange-kündigten Englischtest schreiben. Ich hatte natürlich nicht gelernt, und während ich mein Kinn auf meine Handfläche legte und verzweifelt nachdachte, ob mir nicht doch noch etwas einfiele, konnte ich sein hämisches Grinsen sehen.

„Willst du nicht mal endlich anfangen? Die Stunde wird deinetwegen nicht verlängert", forderte er mich auf und vertiefte sich anschließend in seine Morgenzeitung.

Als ich ein fast leeres Blatt abgab, kommentierte er mit seinen üblichen dummen Sprüchen. Heute kam der Freizeitspruch:

„Danke, dass du so übersichtlich wenig geschrieben hast und meine knapp bemessene Freizeit um Minuten verlängerst." So ein Ekelpaket!

Ich nahm meine Jacke und meine Tasche und verließ vor dem Pausenklingeln den Klassenraum. Immer wieder bildete sich in solchen Situationen ein dicker Kloß in meinem Hals.

„Schnurstracks" war unser Konrektor. Als unser Schulleiter vor Wochen erkrankte, übernahm er die Schulgeschäfte, zumindest bis zu den Sommerferien. Er war ein aalglatter Lehrer der alten Schule, der sich in seinen letzten Dienstmonaten nicht mehr krumm machte.

„Wenn ihr euer Abitur in der Tasche habt, verlasse ich diese heiligen Hallen schnurstracks und ziehe mich in meinen wohlverdienten Ruhestand zurück." Dieses geflügelte Wort hatte ihm seinen Namen eingebracht. Alles musste bei ihm schnurstracks gehen, seinen dürftigen Erklärungen im Unterricht sollte unmittelbar die Weisheit in Form von Verstehen und Anwenden folgen. Aber bis er schnurstracks in Rente ging, hielt er die Fäden in der Hand und ließ die Puppen tanzen, ganz so, wie es ihm beliebte. Man bekam ihn im Ernstfall kaum zu fassen. Entweder hatte er Unterricht oder seine geschlossene Zimmertür signalisierte, dass er nicht gestört werden wollte. Einen Gesprächstermin bekam man nur über die Schulsekretärin. Und mit dem letzten Klingeln verschwand auch Herr „Schnurstracks" schnurstracks.

Wen wunderte es also, dass Lehrer und Schüler das Gesunden und die Rückkehr des erkrankten Schulleiters sehnsüchtig erwarteten?

„Warum lässt du dir das gefallen? Der Kerl hat dich auf dem Kieker und du schweigst." Sebastian war hinter mich getreten. Ich hatte ihn nicht kommen hören.

„Was soll ich denn machen? Wo er nur kann, macht er mich lächerlich", antwortete ich resigniert und ließ die Schultern weit nach vorne hängen.

„Ich kann mich noch nicht mal über ihn beschweren, weil der Direktor krank ist."

In der letzten Zeit hatte ich mich gegenüber meinen Klassenkameraden geöffnet und alle Vermutungen bestätigt, Gerüchten den Wind aus den Segeln genommen und endlich offen und konsequent zu dem gestanden, der ich wirklich bin. Erstaunlicherweise war das überhaupt kein Problem für die anderen. Niemand hat mich abgelehnt, im Gegenteil, meine Offenheit hat unsere Klasse enger miteinander verschweißt.

Trotzdem fühlte ich mich wie zerschlagen an diesem frühen Nachmittag. Ich griff erneut nach der Zigarettenschachtel und nahm gleichzeitig mein Handy in die andere Hand.

„Jonas am Apparat."

Der Klang seiner sonoren Stimme beruhigte meine aufgeregten Sinne sofort.

„Tut mir Leid, dass ich dich störe", antwortete ich etwas zögerlich. „Aber ich musste unbedingt deine Stimme hören."

„Ist schon okay, ich freue mich darüber. Aber du weißt, dass ich völlig unter Strom stehe. Wenn ich die Klausur morgen in den Sand setze, kann ich meine Abiturzulassung vergessen. Deine Stimme signalisiert, dass nicht alles im Lot ist, oder täusche ich mich?"

„Geht schon, ich fahre mich gerade etwas runter."

„Schnurstracks?"

„Wer sonst?"

Ich erzählte ihm kurz, was heute passiert war und hörte am anderen Ende der Leitung einen tiefen Seufzer.

Ich wartete auf ein Wort des Trostes, eine Aufmunterung, ein übertragenes in-den-Arm-nehmen. Und es war der richtige Zeitpunkt, der richtige Satz, den ich brauchte, um mich wieder zu fangen, um an meine Arbeit gehen zu können.

„Drei Monate noch, nur drei Monate, dann kann der uns mal. So lange musst du durchhalten. Und beim Abiturball werden wir ihn damit konfrontieren, dass wir im einundzwanzigsten Jahrhundert leben und dass Schwulsein kein Problem für uns darstellt. Er hat ein Problem damit, nicht wir. Ich werde ihm ganz offen die Einladung zu unserer Hochzeit überreichen. Dann kann er sich schnurstracks überlegen, ob er sein Problem lösen will oder weiter in seinem Vorurteilsdunst leben will.

Hältst du es noch so lange aus?"

„An deiner Seite immer", antwortete ich mit meinem Kloß im Hals, der sich langsam wie der Frühnebel auflöste.

Meeresrauschen

Hörst du das Rauschen des Meeres?
Es erzählt dir seine Geschichte
von unerforschten Tiefen
und seiner bunt schillernden Welt,
die das Herz erfreut.
Von tosenden Gewalten,
die unbarmherzig Leben zerstören
und von Menschen,
die auch das letzte Geheimnis
lüften und vermarkten wollen.
Begnüge dich mit einer Muschel,
lausche ihrem Klang,
einem Zeugen aus vergangener Zeit,
als die Welt des Meeres
noch ein Eigenleben hatte.

Mein Weltbild ist ver-rückt

(nach dem Untergang der Costa Concordia im Januar 2012)

Eine Reise ins Glück

wird zum Un-glück.

Ein Ver-sehen?

Ein Über-sehen?

Verantwortliche bleiben

Antworten schuldig,

unverantwortlich!

Ein anderer antwortet,

ellenlange Seiten.

Wen interessiert es?

Sind das die Antworten

auf eine brennende Frage?

Bleiben wollen,

Konsequenzen scheuen,

verantwortungslos!

Verrückt!

Geburtstagswünsche

Ihr Geburtstag mit der berüchtigten Null rückte immer näher. Charlotte wurde ganz übel, wenn sie darüber nachdachte. Wer hatte das nur erfunden, jedes Jahr Geburtstag zu feiern? Hatte sie jemand gefragt, ob sie geboren werden wollte? Nein, sie musste hinaus ins Leben und sehen, wie sie damit klar kam.

Als Kind fand sie Geburtstage des Feierns wert. Ihre Eltern gaben sich immer die allergrößte Mühe, ihren Geburtstag zu einem fröhlichen Fest werden zu lassen. Bunte Lampions und Luftballons schmückten den Garten und unbeschwertes Kinderlachen zu Windbeuteln, Schaumküssen und grünem Wackelpudding ließ die Herzen der Erwachsenen, die dem regen Kindertreiben zusahen, schneller schlagen.

In der Pubertät tat sie es ihren Freundinnen gleich. Modische Klamotten, ein wenig Schminke dann und wann, immer darauf bedacht, ein wenig älter auszusehen als man eigentlich war, um bei den Jungen einen attraktiven Eindruck zu hinterlassen.

Der Moment der Volljährigkeit war der erste große Meilenstein auf dem Weg ins Erwachsenenalter. Mit einem lobenswerten Abitur in der Tasche, dem Führerschein und dem ersten eigenen Auto stand die große Welt für Charlotte offen. Ihr Traumberuf, eine Ausbildung zur Journalistin, führte sie ans Ziel ihrer vorläufigen Träume.

Nur eines blieb dauerhaft ein wenig auf der Strecke, die Liebe.

Charlotte war auffallend hübsch. Ihr ebenmäßig geschnittenes Gesicht wurde von dunklen Locken umrahmt, die hellblauen Augen, ein wahrer Spiegel ihrer Seele, leuchteten, und um die fein geschwungenen Lippen reihten sich zahlreiche kleine Lachfältchen.

An ihrem schlanken Körper gab es nicht das Geringste auszusetzen, die Proportionen waren so ausgewogen, dass auch so manche Frau einen Blick riskierte, nicht ganz ohne Neid.

Nicht, dass Charlotte keine Chancen gehabt hätte, ganz im Gegenteil. Sie hatte es nicht eilig mit dem Heiraten und schon gar nicht mit dem Kinderkriegen.

Sie erklomm die Karriereleiter rasend schnell, verbrachte immer wieder eine mehr oder weniger lange Zeit im Ausland, der eine oder andere Lebensabschnittsgefährte zog mit, blieb oder brach zwischendurch seine Zelte wieder ab und fuhr nach Hause.

Bis Mitte dreißig hatte Charlotte die Welt bereist und während in ihrem Freundes- und Bekanntenkreis das eine oder andere Pärchen vor den Traualtar trat oder stolz die Geburt des ersten oder zweiten Kindes verkündete, begann es schleichend in Charlottes Leben einsam zu werden.

Mit dreiunddreißig machte sich ihre biologische Uhr deutlich bemerkbar und Charlotte konnte ihr Ticken nicht länger überhören.

Es zog sie nach Deutschland zurück. Mit ihrer Erfahrung und ihrem know-how gründete sie einen eigenen Verlag und vertrieb eine anspruchsvolle Frauenzeitschrift. Das erforderte in den Anfangsjahren harte Arbeit.

So war Charlottes Lebensuhr unaufhaltsam weiter fortgeschritten.

Sie saß, nach einem langen Arbeitstag, auf der Terrasse ihrer Penthouse-Wohnung. Ein leichter warmer Sommerwind bewegte sich über Hamburg. Versonnen drehte Charlotte ihr halb volles Rotweinglas zwischen beiden Händen hin und her. Sie fühlte eine Leere in sich, wie sie es nie zuvor erlebt hatte.

Noch eine Woche und sie war vierzig Jahre alt. Plötzlich fühlte sie sich alt und unsäglich müde. Sie hatte alles erreicht, was eine Frau beruflich erreichen konnte, und doch wurde ihr in diesem Moment schmerzlich bewusst, dass sie niemanden hatte, an den sie sich anlehnen konnte, bei dem sie nicht immer die starke, unerschütterliche Powerfrau sein musste, der ihr die salzigen Tränen vom heißen Gesicht küsste und der sie so nahm wie sie war.

Ihre geschmackvoll eingerichtete Wohnung mit den warmen Farben erschien ihr auf einmal kalt und steril. Keine Katze strich um ihre Beine und kuschelte sich nachts neben sie, kein Hund stand mit wedelndem Schwanz vor ihr, um ihr zu signalisieren, dass er mit ihr Gassi gehen wollte. Und von einem hellen Kinderlachen konnte sie nur träumen.

Ihr war so elend zumute, dass sie ihre Tränen nicht länger zurück halten konnte. Auf einmal fühlte sich Charlotte wie ein Tiger im

Käfig. Der Geburtstag lag ihr schwer im Magen. Finanziell war es kein Problem, ein rauschendes Fest zu organisieren und all ihre Freunde einzuladen. Aber sie wollte nicht feiern, und sie würde schon gar nicht die verliebten Blicke anderer Paare ertragen oder die neuesten Anekdoten ihrer Kinder hören wollen, die ersten Zähne von Maya, der Kindergartenfreund von Josefine, der immer so grob zu ihr war, die neue Schürfwunde, die sich Max beim Fußballtraining zugezogen hatte.

Ihr kam der Gedanke, all dem zu entgehen und zu verreisen. Und wenn sie an ihrem vierzigsten Geburtstag irgendwo in der Karibik ganz allein ihren Kummer mit Cuba Libre ertränken würde, auch das war ihre Sache.

Bei ihrem letzten Karibikurlaub vor zwei Jahren hatte sie dort einen Mann kennengelernt, der nicht nur blendend aussah, sondern alle Eigenschaften in sich vereinte, die sie sich von ihrem Traummann wünschte. Sie hatten eine wunderbare Zeit miteinander verbracht. Doch Charlottes Glück wurde arg getrübt, sie hatten nur in einer Nacht etwas miteinander. Peter, ein Hamburger Geschäftsmann, der schon lange dort lebte, leitete eine Hotelkette und war homosexuell. Das Erlebnis der einen Nacht hatte Charlotte dem romantischen Sonnenuntergang am Strand und dem reichlichen Alkohol zu verdanken, doch von dieser Nacht zehrte sie lange.

Charlotte hatte bereits eine Flasche Rotwein geleert und wusste, für das, was ihr als Geistesblitz plötzlich eingefallen war, musste sie sich Mut antrinken.

Sie öffnete eine neue Flasche und suchte nach Peters Telefonnummer. Mit zitternden Fingern tippte sie seine Nummer ein. Er meldete sich völlig verschlafen. An die Zeitverschiebung hatte sie natürlich nicht gedacht.

Aber Peter war sofort munter, als er ihre Stimme hörte. Sie plauderten eine Weile angeregt miteinander. Ein Zimmer in seinem Hotel zu bekommen, war kein Problem. Einen Flug zu buchen würde sicher auch keines werden, dafür würde sie Unsummen bezahlen.

Nach diesem Gespräch lehnte sich Charlotte zufrieden in ihrem Terrassenstuhl zurück. Auf in die Karibik – das war die beste Lösung zu diesem entsetzlichen Geburtstag.

Bei Peter konnte sie sich ausweinen, er würde sie in seine starken Arme nehmen und sie trösten, wenn es nötig wäre.

Aber Charlotte hatte tief in ihrem Hinterkopf noch ein ganz anderes Ziel.

Peter war der Mann, von dem sie gern ein Kind hätte, selbst, wenn er als Mann für sie ewig unerreichbar bleiben würde. Vielleicht schaffte sie es aber, sich mit Peter ein eigenes, lebenslanges Geschenk zu machen, das ihrem Leben einen tieferen Sinn gab.

Entscheidungen

Das Klappern ihrer Absätze auf dem blank polierten Steinfußboden verriet ihm, dass sie dem Ausgang zustrebte. Er atmete erleichtert auf. Obwohl es kühl war, wischte er sich die Schweißperlen von der Stirn. Angespannt lauschte er, ob noch jemand seine Dienste in Anspruch nehmen wollte, aber er konnte nichts dergleichen vernehmen. Feierabend.

Müde schloss er die schwere Holztür, setzte sich in eine der hinteren Bänke und schlug die Hände vor das Gesicht.

Wer war er, dass er einer jungen Frau eine Moralpredigt halten konnte? Eine Frau, die ihm vor wenigen Minuten verlegen gestanden hatte, ein Verhältnis mit einem verheirateten Mann und Familienvater zu haben? Ausgerechnet er hob den moralischen Zeigefinger und faselte etwas vom Gebot des Ehebrechens, bevor er zum Ego te absolvo ansetzte.

Er konnte so nicht weiter leben. Als junger und aufgeschlossener Priester hatte er vor drei Jahren die Gemeinde in der Kleinstadt übernommen. Er war beliebt wegen seiner Offenheit, seiner Fähigkeit, den Menschen das Wort Gottes lebendig und verständlich nahe zu bringen.

Die sozialen Projekte in seiner Gemeinde waren über die Grenzen der Kleinstadt hinaus bekannt und fanden gerne Nachahmer. Er konnte stolz auf seine Gemeinde, ihre Lebendigkeit und ihr Engagement sein und er war es auch. Er vermittelte und lebte das, an was er glaubte: modernes, engagiertes Christentum, die Basis der Kirche.

Nur seine eigene Haut, die wurde zu eng, nahm ihm die Luft zum Atmen und erdrückte ihn.

Die Schlinge, die er sich selbst vor einem Jahr um den Hals gelegt hatte, zog sich immer fester zu.

Bei seiner Priesterweihe hatte er sich keine Gedanken gemacht, was der Zölibat in letzter Konsequenz bedeuten würde. Er war viel zu glücklich, am Ziel seines Berufsweges angekommen zu sein, sein Idealismus trieb ihn weiter vorwärts.

Und dann hatte es ihn erwischt, ohne Vorwarnung, wie ein Blitz aus heiterem Himmel, die Liebe zu einer Frau. So sehr er sich auch dagegen gewehrt hatte, sie ließ ihn nicht mehr los. Alles war ins Wanken geraten und er spürte, wie die Erde unter ihm immer größere Risse bekam und ihn zu verschlingen drohte.

Das Beichtgespräch vor einigen Minuten war der Moment der glasklaren Erkenntnis, vor der er nicht länger weglaufen konnte. Farbe bekennen, das war das, was er von seinen Gemeindemitgliedern abverlangte und selbst nicht mehr vorleben konnte.

Schmerzlich wurde ihm bewusst, was er alles aufgeben und verlieren würde, all das, was sein bisheriges Leben ausgemacht hatte.

Er verließ die abgedunkelte Kirche, schloss sie ab und setzte sich in sein Auto. Er hatte sich entschieden. Das wollte er der Liebe seines Lebens unvermittelt und so schnell wie möglich mitteilen. Sie hatte schon lange auf seine Entscheidung gewartet, ohne ihn zu bedrängen. Die nötigen weiteren Schritte würde er in den nächsten Tagen einleiten, und dann würde er sich mit ihr auf die Geburt ihres gemeinsamen Kindes vorbereiten. Ihr gemeinsames Kind, in Liebe gezeugt und empfangen, hatte das Recht auf einen Vater, der bedingungslos zu ihm stand.

Die Villa am See

Sie waren das, was man als eingeschworenes Damenkränzchen bezeichnen konnte, fünf gestandene Damen im fortgeschrittenen Rentenalter, die jedoch viel mehr als nur ein Kaffeekränzchen miteinander verband.

„Was wollen wir am Sonntag unternehmen?", fragte Herta unvermittelt in die Runde, deren Stille nur durch das Klappern von Margaretes Stricknadeln und dem gelegentlichen Zwitschern einer Amsel unterbrochen wurde. Klara blickte von ihrem Buch auf. „Müssen wir am Sonntag immer etwas unternehmen?" Sie hatte gerade einen neuen Krimi begonnen und konnte sich nichts Schöneres vorstellen, als den Sonntag mit diesem fesselnden Buch zu verbringen. „Nein, das müssen wir nicht", antwortete Herta leicht pikiert. „Aber heute ist Donnerstag, und ich würde Marilu morgen gern sagen, ob und was sie einkaufen soll."

Marilu, mit eigentlichem Namen Marie-Luise, war seit fünfzehn Jahren die Haushälterin in der Villa am See, in der die fünf Damen seit mehreren Jahren in einer Alters-WG zusammenlebten.

Sie hatten ihre Schulzeit in den ersten Jahren gemeinsam verbracht und waren damals schon als das „Quintett" in die Geschichte der Volksschule eingegangen. Die Wirren der Kriegs- und Nachkriegsjahre jedoch verstreuten sie in alle Winde. Kurz vor seiner Pensionierung gelang es einem Lehrer der einstigen Volksschule, viele der ehemaligen Zöglinge zu einem Schuljubiläum einzuladen, und die fünf Unzertrennlichen fanden sich wieder, mittlerweile in der Blüte ihrer Jahre angelangt.

Herta hatte einen Ministerialdirektor geheiratet und repräsentierte an seiner Seite. Ihren Beruf als gelernte Köchin hing sie schnell an den Nagel. Das passte nicht mehr zu einer Frau der besseren Gesellschaft. Allerdings hielt sie bei jeder Hauswirtschafterin, und das tat sie mit einer hingebungsvollen Leidenschaft bis heute, das Küchenzepter in der Hand und warf einen prüfenden Blick in jeden Kochtopf. Der Herr Ministerialdirektor verblich plötzlich und unerwartet an einem Herzinfarkt und Herta hatte mit ihrer vornehmen Villa und einem satten Pölsterchen auf der Bank bis zu ihrem Ende ausgesorgt.

Margarete, schon in der Volksschule ein fleißiges Kind, ergriff den Lehrerberuf und unterrichtete Mathematik und Sport. Ihrem logischen Denkvermögen verdankte sie es, ihrem Angetrauten und seiner Vorliebe für blutjunge Mädchen schnell auf die Schliche zu kommen und setzte ihn nach seiner dritten und heftigen Affäre ohne zu zögern an die Luft. Sie versuchte ihr Glück ein paar Jahre später mit einer Frau, aber auch Frauen gehen mit Frauen fremd. Nach dieer leidvollen Erfahrung legte sie das Thema Liebe für sich endgültig ad acta. Ihre Sehnsucht kompensierte sie mit Sport, so dass sie auch im Alter von dreiundsiebzig Jahren eine durchaus vorzeigbare Figur besaß und bewundernde Blicke männlicher Zeitgenossen erntete. Ihrer Initiative verdankten es die anderen, Herta als Hausbesitzerin davon zu überzeugen, dass die Villa am See eine kleine Sauna und einen Fitnessraum benötigte und auch erhielt. Margarete brachte die Damen drei Mal in der Woche in Schwung und ins Schwitzen. Das Ressort Finanzen lag auch fest in Margaretes Hand.

Elfriede, schon als Kind ein graues Mäuschen, das sich gern in die Natur zurückzog, hatte ihre Naturverbundenheit zum Beruf gemacht und eine Ausbildung zur Floristin absolviert. Auch heute noch gehörte ihre Liebe den Pflanzen, und man fand sie im Sommer tagaus, tagein zwischen Blumen- und Gemüsebeeten, im Kräutergarten oder im Gewächshaus. Ihre erste und einzige Liebe, Paul, ein hübscher blonder Mann, hatte den Krieg nicht überlebt. Noch heute lag ein trauriger Zug um Elfriedes Mundwinkel, der ihrem zarten, aber immer gebräunten Gesicht, einen Hauch von Melancholie gab.

Klara war schon immer eine Leseratte und blieb es bis heute. Der kleine Buchladen ihrer Eltern hatte den Krieg unbeschadet überstanden, und Klara führte ihn nach deren Tod weiter. Vor lauter Lesen vergaß sie des öfteren den Ehemann Nummer eins, der sich kurzerhand eine lebendigere Partnerin suchte und der folgende Lebensabschnittsgefährte seinerseits fühlte sich auch bald wie ein altes Buch, verblichen, verlassen und mit einer grauen Staubschicht überzogen. Klara blieben ihre Bücher und das war ihr Lebensinhalt genug. Als das Rheuma sie nicht mehr aus den Klauen ließ, verkaufte sie den Laden. Noch heute besucht sie regelmäßig Altenheime und

Krankenhäuser, um anderen vorzulesen und sie in die Welt der Literatur und Fantasie zu entführen.

Annemarie konnte zwar nicht mit der makellosen Figur von Margarete aufwarten, aber sie verstand es, als gelernte Frisörin, die Damen des Hauses mit den neuesten Trendfrisuren bei Laune zu halten. Elfriede stand zu ihrem ergrauten Haar und hätte nie einen Hauch von Farbe an ihre Kopfhaut gelassen, doch bei den anderen stand ein graues Haar für Alter und Verfall. Annemarie hatte gut zu tun, denn zu einem attraktiven Kopfschmuck gehörten sorgsam manikürte und pedikürte lackierte Nägel.

„Mir fällt gerade ein, ich habe am Sonntag einen Lesenachmittag auf der Kinderstation im Krankenhaus. Hatte ich das nicht gesagt?" Klara blickte kurz in die Runde und wandte sich wieder ihrem Buch zu. Wenn sie gegen drei zum Krankenhaus aufbrach, hatte sie wenigstens noch einen guten halben Tag für sich und konnte ungestört lesen.

„Ich habe meiner Schwester versprochen, Sonntag mit ihr zu ihrer Enkeltochter zu fahren. Leonie wird am Sonntag vierzehn", wandte Annemarie ein.

„Ich wollte zu Maria fahren und ihr die Weste anpassen", murmelte Margarete. „Nachher passt sie nicht und ich muss wieder auftrennen und neu stricken."

Herta blickte etwas missmutig in die Runde. Sie hatte es gern, wenn die fünf Damen am Sonntag gemeinsam etwas unternahmen, denn wie alle Rentnerinnen, hatten auch sie in der Woche kaum Zeit und, wie sie fand, zu wenig Zeit füreinander.

Elfriede nestelte an den Blumentöpfen auf der Fensterbank herum und schwieg. Das war bei ihr nicht ungewöhnlich, deshalb verwunderte es auch keine, dass Elfriede sich nicht geäußert hatte. Jede glaubte, sie würde sich in ihr Gewächshaus zurückziehen. Der Frühling stand vor der Tür und sie hatte alle Hände voll zu tun.

„Nun, wenn ihr alle etwas Besseres vorhabt, werde ich von Marilu einen Käsekuchen backen lassen und den Bürgermeister und seine Frau einladen", schloss Herta das Thema und blickte etwas selbstzufrieden in die Runde. „Vielleicht verrät er mir, was es mit den Gerüchten um den Bau eines neuen Seniorenheimes am Ende der Straße auf sich hat."

Elfriede hatte es plötzlich sehr eilig, in ihr Zimmer zu kommen. Sie legte sich auf ihr Bett und schloss die Augen. Sonntag war es soweit, sie hatte ihr erstes ernsthaftes Rendezvous nach Jahrzehnten, und wenn sie nur daran dachte, kreisten die Schmetterlinge munter in ihrem Bauch umher. Nach Paul hatte es keinen wirklichen Mann mehr in Elfriedes Leben gegeben. Sie bewahrte Pauls Andenken in ihrem Herzen und hatte geglaubt, nie wieder Gefühle für einen anderen Mann haben zu können. Und doch war es um sie geschehen, leise, sanft und ganz unspektakulär.

Elfriede hatte das Grab ihres jüngsten Bruders winterfest gemacht, als sie einen Mann von hinten unbeweglich auf einer Bank sitzen sah. Der Dezemberwind blies bitterkalt durch die nackten Baumkronen. Sie packte ihre Sachen zusammen und eilte zu dem Mann. Fast glaubte sie, einen Erfrorenen anzutreffen, aber der Mann auf der Bank lebte. Mit verweinten Augen starrte er auf das Grab vor sich. Elfriede setzte sich leise neben ihn, aber er schien das nicht zu bemerken.

„Sie holen sich den Tod, wenn Sie weiter in dieser Kälte hier sitzen", sagte sie leise.

„Und wenn schon, das ist mir egal." Noch immer nahm er Elfriede nicht wahr und hielt seinen Blick geradeaus gerichtet. „Das Leben hat doch ohne sie sowieso keinen Sinn mehr für mich."

Elfriede folgte seinem Blick. Offenbar saß er am Grab seiner Frau, die vor einem halben Jahr verstorben war und der schmerzliche Verlust saß immer noch tief in ihm. „Kommen Sie, hier können Sie jedenfalls nicht bleiben." Energisch hakte Elfriede den Mann unter und zog ihn hoch. Wie in Trance stand er auf und ließ sich von ihr zum Ausgang führen. Neben dem Friedhofseingang war ein kleines Café. Dorthin führte Elfriede den Mann an ihrem Arm. Erst, als sie in der Wärme an einem Tisch Platz nahmen, schien der Mann aus seiner Apathie zu erwachen. Er schaute Elfriede direkt in die Augen.

„Entschuldigen Sie bitte, dass ich mich so habe gehen lassen, aber ich war tief in meine Gedanken versunken, dass ich Sie gar nicht richtig wahrgenommen habe."

Nach einer Tasse heißer Schokolade war Elfriede sich sicher, den Mann, der sich als Dr. Manfred Behrend vorgestellt hatte, sich selbst überlassen zu können. Er bedankte sich mehrmals bei ihr und wünschte ihr einen guten Heimweg.

Elfriede hatte den Vorfall fast schon wieder vergessen, bis ihr zwei Wochen später Dr. Behrend im Krankenhaus über den Weg lief. Sie hatte einer Bekannten eine Blume aus ihrem Gewächshaus gebracht und eilte zum Ausgang, als er mit verbundener Hand aus der Rettungsstelle kam.

„Was ist Ihnen denn passiert?", entfuhr es ihr, und sie starrte auf den dicken Verband.

„Sie haben einen siebten Sinn dafür, wenn mir etwas passiert, oder?" Er sah sie an und sein offener Blick berührte sie tief im Inneren. „Es ist nicht weiter schlimm, ich habe mir nur ziemlich tief in den Finger geschnitten. Seit meine Frau nicht mehr da ist, geht alles irgendwie schief."

„Kann ich Ihnen irgendwie behilflich sein?", fragte sie, um von ihrer plötzlich aufsteigenden Hitzewelle ein wenig abzulenken.

„Danke, das ist sehr lieb von Ihnen, aber ich nehme mir wieder ein Taxi und fahre direkt nach Hause."

„Vielleicht kann ich Sie ein Stück mit meinem Auto mitnehmen?" Tatsächlich lag Dr. Behrends Haus auf ihrem Rückweg und so hielt sie nach etwa zehn Minuten vor einer noblen Villa an und ließ ihn aussteigen. Diese zweite Begegnung konnte Elfriede nicht vergessen. Sie kannte seinen Namen, wusste, wo er wohnte, aber es wäre ihr nie in den Sinn gekommen, etwas zu unternehmen, was eine dritte Begegnung ermöglicht hätte. Sie wartete ab, ob es noch ein drittes, unerwartetes Treffen geben würde. Wenn das Schicksal es gut mit ihr meinte, würde es ein weiteres Treffen geben. Daran glaubte sie ganz fest.

Mittlerweile hatte der Winter sich ausgetobt, und die ersten Frühblüher verkündeten den nahenden Frühling. Elfriede hatte mit ihrer Arbeit im Garten begonnen und suchte in der Großgärtnerei nach einigen neuen Kletterrosen. Obwohl der Winter nicht besonders streng gewesen war, hatte die fehlende Feuchtigkeit so einiges im Garten vertrocknen lassen.

„Ich habe eigentlich gar keine Ahnung, für den Garten war immer meine Frau zuständig."

Elfriede drehte den Kopf, ruckartig, denn die Stimme kam ihr sehr vertraut vor. Dr. Behrend ließ sich gerade von einer Mitarbeiterin der Großgärtnerei beraten und blickte unschlüssig hin und her. Elfriedes und sein Blick trafen sich und ein breites Lächeln überzog sein Gesicht. „Danke", wandte er sich an die Mitarbeiterin, „ich glaube, ich habe gefunden, was ich suche." Formvollendet wie ein Gentleman begrüßte er Elfriede und sah in ihren prall gefüllten Wagen.

„Mir scheint, ich kann mich am besten von Ihnen beraten lassen, oder?"

„Nun, wenn ich Ihnen mit meinen bescheidenen Kenntnissen behilflich sein kann, gerne."

Eine intensive Unterhaltung über die Gartengestaltung endete mit einer Einladung zum Essen am kommenden Sonntag. Dr. Behrend stellte sich als Hobbykoch vor und lud Elfriede zum Essen in seine Villa ein. Im Gegenzug versprach Elfriede, seinen Garten genau unter Augenschein zu nehmen und mit ihm zu beraten, wie er ihn üppig, aber gleichzeitig pflegeleicht gestalten könne. Nun fieberte Elfriede dem kommenden Sonntag entgegen. Sie verspürte keinerlei Lust und Notwendigkeit, den anderen darüber Auskunft zu geben, denn es handelte sich gewissermaßen um ein Arbeitsessen.

Am Sonntag blieb es still in der Villa am See. Der Bürgermeister und seine Gattin hatten bereits etwas anderes vor, und so war auch Herta mit unbekanntem Ziel verschwunden. Nur Klara lag auf einer Liege im Wintergarten und schmökerte in ihrem Krimi. Zum Abendessen füllte sich das Esszimmer und ein lebhafter Austausch über den vergangenen Tag erfüllte den gemütlichen Raum.

„Wo ist eigentlich Elfriede?", fragte Annemarie plötzlich. Alle blickten sich verwundert an.

„Sie ist heute Mittag mit dem Auto weggefahren", antwortete Klara.

„Hat sie gesagt, wohin sie wollte?"

„Nicht, dass ich wüsste. Ich habe ehrlich gesagt auch nicht gefragt."

Elfriede kam um kurz vor neun nach Hause. Die anderen waren so in das Fernsehprogramm vertieft, dass sie Elfriedes hochrote Wangen nicht bemerkten. Sie verabschiedete sich sogleich wieder und zog sich in ihr Zimmer zurück. Dort hing sie ihren vielen Gedanken und Gefühlen nach und genoss die Zeit für sich alleine.

In den nächsten Tagen verschwand Elfriede meist kurz nach dem Frühstück und kam erst gegen Abend zurück.

„Wo steckst du neuerdings den ganzen Tag?", fragte Herta beim Abendessen. Alle Augenpaare waren gespannt auf Elfriede gerichtet, denn ihre ständige Abwesenheit war auch den anderen aufgefallen und jede von ihnen platzte fast vor Neugier. „Ich gestalte den Garten eines Bekannten um", antwortete Elfriede und versuchte ihrer Stimme einen gleichgültigen Klang zu geben.

„Was für ein Bekannter?", wollte Margarete sofort wissen. „Kennen wir ihn?"

„Ich habe ihn vor einigen Monaten auf dem Friedhof kennengelernt. Seine Frau ist vor gar nicht langer Zeit gestorben, und er hat noch Probleme, sich alleine zurechtzufinden. Und von Gartenarbeit hat er gar keinen blassen Schimmer. Nun helfe ich ihm dabei. Das ist alles." Elfriedes nüchterne Antwort weckte keinen weiteren Argwohn und das Leben in der Villa am See ging weiter seinen Gang.

Manfred Behrend hatte von vielen anderen Dingen im Haushalt, außer dass er gut kochen konnte, ebenso wenig einen Hauch von Ahnung, aber dafür hatte er eine langjährige Haushaltshilfe, die seine Villa und seine Wäsche sauber hielt.

Unter Elfriedes geschickten Händen, gepaart mit unzähligen grünen Daumen, verwandelte sich Manfreds stark vernachlässigter Garten in eine blühende Oase.

Das häufige Beisammensein tat sowohl Elfriede als auch Manfred gut. In langen Gesprächen mit Elfriede lernte er, seine verstorbene Frau loszulassen und ihren Tod zu akzeptieren. Er hatte wieder Freude am Leben. Zwischen beiden hatte sich das feine Band von gegenseitiger Sympathie in wahre Zuneigung verwandelt. Oft ertappte sich Elfriede dabei, wie sie abends in ihrem Zimmer saß und sich immer mehr ein Leben an Manfreds Seite in seiner Villa wünschte. Sie verzehrte sich nach ihm und seiner Zuneigung und wünschte sich, ständig mit ihm zusammen zu sein, nachts seinen Atemzügen zu lauschen, seine Hand zu halten, wenn die Schatten der Vergangenheit ihn heimsuchten, einen Kräutertee für ihn zu kochen, wenn er wieder einen Asthmaanfall bekam .... Nie hätte sie den Mut gefunden, ihm das zu sagen. Manfred nahm ihr das ab.

Am folgenden Sonntag führte er sie in ein sündhaft teures Lokal und gestand ihr, verlegen, aber bestimmt, seine Gefühle. Zum Nachtisch brachte der Kellner einen großen goldgelben Umschlag und legte ihn lächelnd neben Elfriedes Dessert.

Unsicher blickte sie erst den Kellner an, dann starrte sie auf das Kuvert.

„Was ist das?", fragte sie mit belegter Stimme.

„Schau hinein", antwortete Manfred und bedeutete dem Kellner mit einem diskreten Kopfnicken, sich zu entfernen. Elfriede öffnete den Umschlag und wurde blass.

„Manfred...", mehr konnte sie nicht sagen. Ihre Augen wurden feucht und mit einem glänzenden Blick ihrer von Tränen verschleierten Augen nahm sie über den Tisch seine Hand.

„Und? Was sagst du?"

„Ich freue mich so." Der Umschlag enthielt Reiseunterlagen für eine vierzehntägige Kreuzfahrt auf dem Nil in einer Luxussuite. An diesem Abend schwebte Elfriede an Manfreds Seite in seine Villa und fand sich erst am nächsten Mittag wieder in der Villa am See ein.

Dort hatte man Elfriedes nächtliche Abwesenheit natürlich bemerkt und nach einer halb durchwachten Nacht mit etlichen Diskussionen, auf wen oder was Elfriede sich da wohl mit ihrer Gartengestaltung eingelassen hatte, war die Erleichterung doch groß, als sie am nächsten Tag gut gelaunt und mit geröteten Wangen zu Hause eintraf. Alle umringten sie und machten ihrer Erleichterung Luft. Nur Herta bewahrte ihre Contenance und konnte sich nicht verkneifen zu erwähnen, fast schon die Polizei eingeschaltet zu haben.

„Kannst du dir nicht vorstellen, dass wir uns Sorgen gemacht haben? Du kannst in deinem Alter und in der heutigen Zeit doch nicht einfach über Nacht wegbleiben, ohne uns Bescheid zu geben. Schließlich sind wie deine Familie", donnerte sie Elfriede schärfer entgegen, als sie es eigentlich beabsichtigt hatte. Elfriede jedoch ließ sich auf keine Diskussion mit Herta ein und verkündete stattdessen, dass Manfred am Sonntag zum Essen käme und sie hoffe, ihn bei dieser Gelegenheit allen vorstellen zu können. Keine der Damen wollte sich dieses Ereignis entgehen lassen, dazu war ihre Neugier doch zu groß.

Manfred verstand es, die Damen mit seiner charmanten Art um den sprichwörtlichen Finger zu wickeln und hatte in Gesellschaft so vieler reizender Damen keinerlei Berührungsängste. Elfriede beobachtete ihn glücklich und konnte sich kaum noch vorstellen, dass er der Mann war, der weinend und halb verfroren vor etlichen Wochen am Grab seiner verstorbenen Frau gesessen hatte. Er hatte die Freude am Leben wieder gefunden und war, wie die Blumen in ihrem Gewächshaus, zart aufgeblüht.

Die Ankündigung, dass er und Elfriede bald nach Ägypten aufbrechen würden, machte die Damen doch sprachlos. Nachdem Manfred sich von den Damen verabschiedet und für den reizenden Nachmittag bedankt hatte, gab es doch reichlichen Diskussionsstoff in der Damenrunde.

Wohlgemeinte Ratschläge, mit einem Mann, den sie noch nicht so lange kennt, gleich in ein so weites Land zu fahren bis hin zu der Warnung, dass Manfred zwar ein sehr netter, gebildeter und warmherziger Mensch, aber schließlich nicht der Jüngste sei, krank oder sogar zum Pflegefall werden und sogar vor ihr sterben könnte, schlug Elfriede lachend in den Wind. „Na und? Die Zeit, die wir noch haben, werden wir zusammen verbringen, egal, was kommt." Es war Margarete, die die Diskussion nach einer Weile energisch beendete. „Du machst das richtig, Elfriede, nimm mit, was das Leben dir noch bietet. Lange Jahre hast du deinem Paul nachgetrauert und jetzt schenkt dir das Schicksal eine zweite Chance. Nutze sie."

Eine gute Woche später brachten Herta, Margarete, Klara und Annemarie Elfriede und Manfred zum Flughafen und verabschiedeten die beiden Turteltauben. Die Postkarten, die Elfriede von ihren Landausflügen in Ägypten schrieb, kamen zwar erst nach ihrer Rückkehr an, aber sie waren voller Wärme und Glückseligkeit. Elfriede und Manfred traten im Laufe der nächsten Monate Reisen in aller Herren Länder an und nach einem halben Jahr zog Elfriede zu Manfred in die große Villa. Ein Jahr später heirateten sie.

Das Gewächshaus zur Villa am See verwaiste, denn niemand konnte so mit Pflanzen umgehen wie Elfriede. Dafür freute sich der Blumenhändler des Ortes über seinen steigenden Umsatz. Elfriedes Zimmer wurde nicht wieder vermietet. Es blieb leer, für den Fall, dass sie eines Tages zurück käme. Doch Elfriede und Manfred, die weiterhin in regem Kontakt mit den Damen aus der Villa am See standen, überlebten alle und genossen ihre gemeinsamen Jahre in bester Gesundheit bis ins hohe Alter.

Aus dem Leben einer Postkarte

Endlich hatte sich jemand meiner erbarmt. Tagelang hatte ich in diesem heißen Metallständer, der prallen Sonne unmittelbar ausgesetzt, vor mich hingeschwitzt und schon befürchtet, meine satten, leuchtenden Farben würden sich unter dem Einfluss der Sonne auflösen. Eine junge Frau kaufte mich endlich und steckte mich in ihre dunkle, kühle Handtasche. Ein Päuschen zum Erholen! Selig schmiegte ich mich zwischen Lippenstift, Haarspange und Tempotaschentücher und schloss für ein Weilchen die Augen. Ich war gespannt, wo meine Reise hingehen würde. Das ist das größte Erlebnis im Leben einer Postkarte, gekauft, geschrieben und möglichst um den halben Erdball geschickt zu werden. Etwas unsanft wurde ich aus meiner gemütlichen Position befreit und landete mitten auf einem harten Holztisch, direkt in der sengenden Mittagssonne.

„Was soll ich denn schreiben?", fragte die junge Frau ratlos ihren Begleiter, der gelangweilt sein Bierglas zwischen seinen Händen hin und herdrehte.

„Was weiß ich? Das Übliche eben, Wetter schön, Hotel sauber und Essen genießbar." Ich fasste es nicht! Ich, die von intensiven Farben leuchtende Postkarte mit den schönsten Ecken der landschaftlich so reizvollen Insel, war nur für einen lapidaren Blabla-Gruß ausgewählt worden? Möglicherweise waren die Empfänger Verwandte, die genauso oberflächlich reagierten. „Guck mal, eine Karte aus Spanien. Na, viel haben sie ja nicht geschrieben."

Ich sah mich schon, unbeachtet meiner reizvollen Vorderseite, mit einem verächtlichen Blick auf die Blabla-Grüße in den nächsten Papierkorb wandern. Die junge Frau nahm seufzend einen Kugelschreiber und schrieb mit wenigen Worten das, was ihr Begleiter ihr kurzerhand verbal über den Tisch geschleudert hatte. Sie schien eine kleine, zierliche Handschrift zu haben, denn ich spürte, dass noch so viel weiße Fläche zum Beschreiben frei geblieben war.

„Hallo, seid doch nicht so einfallslos!", rief ich verzweifelt und meine vier Ecken begannen unbemerkt zu zittern. So sehr ich mich auch anstrengte, einen stummen Impuls an die junge Frau zu geben, es war umsonst. Sie bespeichelte eine Briefmarke, klebte sie in meine obere rechte Ecke und haute mit der Faust noch einmal nach, damit die Briefmarke auch kleben blieb. Grobian! Ich hatte das dumpfe Gefühl, dass das Porto nicht ausreichend war, denn die Briefmarke fühlte sich so leicht an. Verzweifelt sah ich meine Weltreise im Wasser versinken, denn mit einem nicht ausreichenden Porto durfte ich bestimmt nicht um den halben Erdball reisen. Ich verschwand wieder in der Handtasche, diesmal nicht ganz so komfortabel, denn ich fühlte die Stacheln einer Haarbürste und roch süße, klebrige Bonbons. Ich war so deprimiert, dass mein erwartungsvolles Reisefieber in eine heftige Postkartendepression umschlug und ich mich meinem Schicksal fügte. Meine Reise dauerte wider Erwarten lange, aber das interessierte mich schon gar nicht mehr. Unendlich müde schloss ich die Augen und ließ mich treiben.

Die letzte Station war ein kuscheliges Plätzchen zwischen Zeitungen. So sehr ich mich auch anstrengte, ich konnte nichts entziffern, diese Sprache war mir völlig fremd. Plötzlich riss ich verwundert die Augen auf. Eine warme Hand berührte mich, und drehte mich mehrfach mit ihren Händen um.

„Schau mal, Tobias, hier ist Post für Dich" ,vernahm ich die freundliche Stimme einer älteren Frau. Zwei kleine Hände nahmen mich behutsam in den Griff und ich lauschte dem begeisterten Staunen eines kleinen Jungen.

„Ist das schön! Schau mal Oma, so ein großer See!"

„Das ist ein Meer, Tobias, viel größer als die Ostsee. Sicher wohnen da ganz außergewöhnliche Fische und Meerespflanzen."

Der kleine Tobias hielt mich ehrfürchtig in den Händen. Ich konnte sein zartes Gesicht mit den hellblauen Augen und dem blonden Haar erkennen und musste mich mit aller Kraft bemühen, die Tränen der Rührung zurückzuhalten.

„Steht da auch etwas drauf?" Tobias hatte mich umgedreht und sah seine Oma hilfesuchend an.

„Aber ja, Liebchen. Mutti und Papa schreiben, dass sie Dich sehr vermissen und große Sehnsucht nach Dir haben. Sie freuen sich sehr auf Dich."

„Das ist schön. Ich freue mich auch, wenn sie wieder da sind, obwohl ich auch sehr gern bei Dir bin." Ich landete nicht im Papierkorb. Tobias stellte mich behutsam vor die Lampe auf seinen Nachttisch und ich bewachte ihn voller Dankbarkeit – jede Nacht.

All inclusive

Die Bürger unseres Landes, bei denen am Ende des Geldes immer noch so viel Monat übrig ist, müssen messerscharf kalkulieren, wenn sie ihre Nase mal in fremdländische Luft halten möchten. Liest man die Zeitungen oder schaut man die Nachrichten, möchte man nur noch, nach Luft schnappend, die Flucht ergreifen. Doch wohin? Wo hat das Wetter in diesem Jahr keine Kapriolen geschlagen, und wo sind die Jahreszeiten noch wirkliche Jahreszeiten, so wie wir den Jahresverlauf der Erde um die Sonne jahraus, jahrein gewöhnt sind? Da man nie weiß, wie Griechenland, Spanien, Portugal und andere Nationen ihre Krisen in den Griff bekommen (wie auch, wenn selbst das deutsche Krisenbarometer gefährlich auspendelt?), sollte man die Gelegenheit nutzen, dort Urlaub zu machen, wo noch Touristen ins Land gelassen werden, die Gefahr von Naturkatastrophen relativ niedrig ist und nicht gerade Bombenstimmung herrscht. Das schränkt die Auswahl der Urlaubsländer schon gewaltig ein! Immer noch sehr beliebt sind all-inclusive-Angebote.

Wenn es schon keine Wetter- und Sicherheitsgarantien mehr gibt, kann man die Kosten auf ein Minimum reduzieren. Man fliegt am besten nur mit Handgepäck in Länder, die durch die Globalisierung und billige Arbeitskräfte genügend Waren anbieten, um sich für das nächste Jahr billig einzukleiden. Wenn man die Landessprache nicht kennt, muss man sich mit den Menschen im Gastgeberland nicht unterhalten und sich keine weiteren Gedanken um deren Lebensverhältnisse machen. Im Gegenteil, mit gutem Gewissen fördert man die Wirtschaft und bringt kostbare Devisen ins Land. Im Hotel wird man rundum versorgt, und da alles all inclusive ist, kann man sich den nötigen Winterspeck anfuttern und essen und trinken bis zum Umfallen. Mit den hoteleigenen Badetüchern reserviert man am besten schon in der Nacht seine Liege am Pool für den nächsten Tag und packt sie am Ende des Urlaubs noch ein.

Hotelzimmer bieten meist auch viele andere Utensilien, wie Aschenbecher, Haushaltsartikel, oder so banale Dinge wie Duschbad, Seife und Badehauben an. All das kann man zu Hause ja auch verwenden. Es ist immer wieder erstaunlich, wie renitent Urlauber Verbotsschilder ignorieren (das kennen wir ja auch von zu Hause, wenn man mal den deutschen Rad- oder Autofahrer gerade noch bei dunkelorange mit dem Handy am Ohr über die Ampel huschen sieht). Wer am Tag baden oder in der Sonne liegen will, muss auch mal etwas essen. Dick geschmierte Brötchen verschwinden gut belegt am Frühstückstisch, eingepackt in eine Papierserviette, in der Handtasche. Der restliche freie Platz wird mit Obst ausgefüttert und so kommt man, mit prall gefüllter Handtasche und dem eigens zusammengestellten Lunchpaket, gut durch den Tag.

Der Blick auf die Speisekarte ist planungstechnisch sehr wichtig, ob man das Essen im Hotel präferiert oder abends außer Haus isst. Pommes mit Currywurst oder Eisbein mit Sauerkraut haben, ebenso wie McDonalds und anderes Fast Food, mittlerweile in allen Ländern Einzug gehalten. Das Leben in der Sonne, wenn in Deutschland die Herbst- und Winterstürme toben, ist der pure Luxus. Danach kann man zu Hause mit der Sonnenbräune prahlen, die vielfältigen All-inclusive-Angebote im Hotel preisen und die Rettungsringe stolz präsentieren. Da soll mal einer sagen, man hätte keinen preiswerten Urlaub gehabt! Alles nur eine Frage der Einstellung.

Ganz Gewitzte liegen mit der Kamera auf der Lauer, nicht um die Sehenswürdigkeiten eines Landes zu fotografieren. Dazu bleibt keine Zeit, wenn man seine bezahlten Mahlzeiten, seine Liege am Pool und das gemütliche abendliche all-inclusive-Trinken nicht verpassen will. Man braucht schließlich Belege, wenn sich mal ein Insektchen ins Zimmer verirrt hat oder die Inneneinrichtung nicht das bietet, was der Reisekatalog versprochen hat. Hat man genügend Belege und eine entsprechende Versicherung, lässt sich im Nachhinein doch so mancher Euro zurückerklagen. Man sollte nicht glauben, welch einen Spaß es machen kann, mit dem erdachten Rückerstattungsbetrag die nächste Reise bereits gedanklich zu planen. Die Beschwerdebriefe schon auf dem Laptop vorbereitet, müssen vor Ort nur noch mit den entsprechenden Fakten und Fotos ergänzt werden. Der Anwalt des Vertrauens sitzt schon in den Startlöchern. Sobald man Gleichgesinnte gefunden hat, kann der Urlaub einen Mordsspaß machen. Wozu Land und Leute kennen lernen? Wozu überhaupt in die Ferne reisen, wenn das Gute so nah liegt?

Mehr als zwanzig Jahre nach dem Mauerfall erschließen sich immer noch Gebiete, auf die man als Wessi Jahrzehnte lang verzichten musste. Deutschland als Urlaubsparadies? Das bleibt für die Zeit der Rente – sofern man eine erwarten darf - und man sein sauer Erspartes nicht zur Befriedigung von Politikerhirngespinsten längst zwangsinvestiert hat. Da es immer noch viele in unserem Land gibt, die die Mauerstückchen in ihrem Kopf konservieren und jammern, dass es uns allen heute so schlecht und es immer weiter bergab geht, bleibt für viele nur die Flucht, weg aus dem Entwicklungsland Deutschland, dahin wo die Sonne scheint und man seine gewaltigen Probleme vergessen kann – all inclusive.

Von Bautzen
nach Turkmenistan

Ein Herrscher aus Turkmenistan
kam in der Früh' in Bautzen an.

Der Magen knurrt, ganz blass die Haut
und als er aus dem Auto schaut,
sieht er den Brat-Max in seinem Wagen
und Frühstücksgäste, die sich laben.

„Halt an", ruft er dem Fahrer zu,
„und hol mir was, denn immerzu
seh' ich die Menschen dort am Wagen.
Mein Magen möchte auch was haben."

Der Fahrer eilt gehorsam hin,
nach Essen steht auch ihm der Sinn,
kommt wieder mit der Rostbratwurst
und einem Bier gegen den Durst.

Der Herrscher hat noch nie im Leben
Thüringer Rostbratwurst gesehen,
mit Bautzener Senf als Garnitur.
Wo leben die Turkmenen nur?

Er hat ein Händchen für Geschäfte
und gibt in Auftrag, was er möchte.
Seitdem kommt in Turkmenistan
fast täglich Senf aus Bautzen an.

Zu jedem Würstchen, groß und klein,
gibt's Senf, mal scharf, mal süß, mal fein.

Schönfärberei

Wer lügt,
hat den Blick
für die Wahrheit verloren.

Wer nicht sehen kann,
verlässt sich auf
die anderen Sinne.

Wer lügt,
obwohl er sieht,
hat keine Sinne.

Sinnlos,
durch Reden
überzeugen zu wollen.

Ein unerwartetes Wiedersehen

Wie aus heiterem Himmel, fast wie aus dem Nichts, stand sie vor ihm. Seine Blicke glitten verunsichert von unten nach oben, betrachteten die schwarzen, hochhackigen Pumps – schwarz war immer ihre Lieblingsfarbe gewesen, obwohl es eigentlich keine Farbe war -, ihre schlanken, formvollendeten Beine, hielten an dem dunkelroten Minirock fest, der mindestens drei Hand breit oberhalb des Knies endete, streiften ihr schwarzes Top, das einen tiefen Einblick in ihr üppiges Dekolleté erlaubt und dann stockte er.

Ohne, dass er in ihr Gesicht sah, wusste er instinktiv, dass SIE es war. Plötzlich fror er, obwohl die Sonne vom strahlend blauen Himmel direkt auf seinen Platz im Garten des Operncafé schien. Seine rechte Hand, die das Glas mit dem rubinroten Wein zum Mund führen wollte, begann zu zittern. Mühsam stellte er das Glas ab. Er fühlte sich in der Klemme, konnte nicht entkommen und wagte es nicht, sie anzusehen.

Umständlich fingerte er eine Zigarette aus seiner Packung, die auf dem Tisch lag, zündete sie ebenso umständlich an und sog den Rauch tief in seine Lungen. Seine angespannten Muskeln wurden gleich etwas geschmeidiger. Sie stand vor ihm, wie ein Fels in der Brandung und bewegte sich nicht. Sie sagte kein Wort. Was hatte sie vor? Seine Gedanken suchten fieberhaft nach Möglichkeiten, auf die er sich einstellen konnte.

Im selben Moment wusste er, dass es zwecklos war. Sie war unberechenbar, eine Frau, von der er in seinen kühnsten Fantasien nicht zu träumen gewagt hatte. Ihre messerscharfe Intelligenz, gepaart mit ausgeklügelter Raffinesse, ihr brillantes Gedächtnis und ihre Schlagfertigkeit haben ihn vom ersten Moment an in den Bann gezogen. Ihr unersättliches sexuelles Verlangen, ihre grenzenlose Fantasie und ihr makelloser Körper haben ihn infiziert, so dass er glaubte, keine Minute ohne sie sein zu können. Sie war schön und sie war reich.

Die Zeit mit ihr erlebte er wie eine Dauerfahrt in der Achterbahn. Er musste abspringen, seine eigene Seele retten, bevor dieser Vamp sein Leben länger auf den Kopf stellen und ihn völlig aus den Bahnen werfen konnte. Er schaffte den Absprung, gerade noch so und kehrte in sein bürgerliches Leben zurück, ohne ihr ein Wort zu sagen. Hatte er geglaubt, sie lasse sich so ein Verhalten bieten?

Nun stand sie vor ihm. Er zwang sich, seinen Blick weiter nach oben zu richten. Sie trug die silberne Kette, die er ihr einst geschenkt und ihr wie in Trance ewige Treue geschworen hatte. Sie hatte die Arme vor der Brust verschränkt, abwartend. Ihre Arme und ihr Hals waren von einer tiefen Bräune überzogen, die sich kontrastreich von ihrem schwarzen Top abhob.

Er hatte sich mit seinen Blicken bis zu ihrem Gesicht vorgetastet. Sie schaute ihn an. Ihre dunkelbraunen Augen, sonst eher einem verwundeten Reh gleich, blickten ihn mit einer durchdringenden Schärfe und Kälte an und jagten ihm einen weiteren kalten Schauer durch den Körper. Ihre dunkelrot geschminkten Lippen lagen schmal unter ihren kaum merklich bebenden Nasenflügeln. Ihre Blicke trafen sich stumm. Er spürte, dass er etwas sagen musste, ein Wort der Begrüßung wenigstens, dann vielleicht eine Erklärung, warum er so sang- und klanglos aus ihrem Leben verschwunden war. Die richtigen Worte wollten sich nicht formen und schon gar nicht über seine trockenen Lippen gehen.

„Man trifft sich im Leben immer zweimal", hörte er ihre dunkle Stimme, klar und deutlich. Aus den Augenwinkeln sah er, wie sie die Karaffe mit dem restlichen Rotwein vom Tisch nahm. Er spürte, wie sich der kühle Wein über seinem Kopf ergoss und in kleinen roten Rinnsalen erst über sein Gesicht, dann über sein weißes Hemd tropfte, um sich auf seinem Schoss in alle Richtungen zu verteilen.

„Das ist nur eine Vorwarnung. So behandelt man mich nicht. Du hörst von mir."

Als er aus seiner Lethargie erwachte, war sie schon einige Meter weit weg, aufrecht und stolz ihr Gang, der einer Frau, die andere das Fürchten lehrt.

Sommermonat Juli

Donnerschläge,
grelle Blitze,
nach
schwülwarmer
großer Hitze,
Hagelkörner
kirschkerngroß,
was ist mit unserem
Sommer los?

Der Juli kommt
mit viel Radau
und wieder
ist der Himmel grau.

Die Tiere
haben sich versteckt,
die laute Nacht
hat sie verschreckt.

Die Möwe und der Löwe

Der Zauber der aufgehenden Sonne lag über dem Marktplatz der kleinen Hafenstadt. Die Möwe öffnete verschlafen die Augen und blinzelte in die zarte Morgensonne.

„Ich habe verschlafen", dachte sie bestürzt. Eine kleine, glitzernde Träne löste sich und versickerte in ihren zarten Federn.

„Mach's gut", flüsterte sie dem Löwen zu, „ich habe verschlafen und es verpasst, dir einen guten Morgen zu wünschen. Danke für alles." Traurig blickte sie in seine unbeweglichen Augen, spannte ihre grauweißen Flügel auf und flog davon.

Ihre Familie war bereits am Hafen versammelt, gierig auf der Suche nach einem nahrhaften Frühstück.

„Wo kommst du denn her? Wir haben uns Sorgen um dich gemacht", herrschte der Möwen-Vater seine jüngste Tochter an.

„Ich war gestern Abend so müde, dass ich mir am Markt einen Platz zum Schlafen gesucht habe." Schuldbewusst blickte die Möwe in die strengen Augen ihres Vaters.

„Nun bist du ja da", krächzte er ein wenig milder gestimmt und flog davon.

Seine jüngste Tochter lag ihm sehr am Herzen, und er machte sich fortwährend Sorgen, es könne ihr etwas zugestoßen sein, wenn sie abends nicht rechtzeitig zu Hause war. Dabei wusste er genau, dass seine Kinder langsam alt genug waren, um auszuschwärmen und für sich selber zu sorgen.

Die kleine Möwe setzte sich auf die Hafenmauer und ließ sich die Sonne auf die Federn scheinen. Äußerlich sah sie aus, als schliefe sie, aber ihre Gedanken gingen zurück zur vergangenen Nacht.

Der goldene Löwe, der unbeweglich seit Jahren über der Apotheke wohnte, hatte ihr in der letzten Nacht das Leben gerettet.

Ein schweres Gewitter war über die Stadt hereingebrochen. Blitze erhellten zuckend den schwarzen Wolkenhimmel, ein dunkles Donnergetöse ging krachend über der Stadt nieder und der heftige Wind riss alles mit sich, was ihm in die Quere kam. Die kleine Möwe hatte so etwas noch nie erlebt und war, von Angst erfüllt, in die geräumige und geschützte Höhle des goldenen Löwen geflogen und hatte sich hinter ihm versteckt. Mit klopfendem Herzen und angehaltenem Atem machte sie sich ganz klein. Vor Angst und Müdigkeit schlief sie ein.

Die Kirchturmuhr der Nikolaikirche schlug kurz an. Es war Mitternacht. Das Gewitter war vorbei und die kleine Möwe rollte sich zufrieden zusammen, um noch ein paar Stunden zu schlafen.

Doch was war das? Sie erstarrte. Der große goldene Löwe neben ihr bewegte sich. Seine goldene kalte Oberfläche hatte sich zu einem warmen dichten Fell verwandelt.

„Wer bist du? Was machst du hier?", raunte der große Löwe der kleinen Möwe zu.

„Ich habe mich hier versteckt, es hat so doll geregnet, und der Wind blies so heftig, dass ich nicht weiterfliegen konnte", stotterte die verängstigte Möwe.

Sie kannte den Löwen. Jedes Mal, wenn sie ihre Runden drehte, sah sie ihn auf seinem Platz über der Apotheke und bewunderte seine Größe und das Gold auf seinem Körper, das so leuchtete wie die Sonne selbst. Aber er lebte nicht, sondern verharrte regungslos an seinem Platz.

„So so", brummte der Löwe. Seine bernsteinfarbenen Augen hafteten unentwegt auf der Möwe, und sie spürte ein ungutes Gefühl in der Magengegend.

„Du wirst mir doch nichts tun?", fragte sie zaghaft.

Der Löwe lachte und zeigte sein prächtiges Gebiss.

„Du würdest mir nicht einmal als Vorspeise reichen."

„Wieso kannst du sprechen, dich bewegen, und warum hast du ein so prächtiges Fell?", frage die Möwe mit fester Stimme.

„Das ist ein Geheimnis, aber ich verrate es dir. Einmal im Monat, wenn der Vollmond seine runde Form erreicht hat, werden alle Tierskulpturen in dieser Stadt lebendig. Zwischen Mitternacht und sechs Uhr in der Früh können sie sich bewegen, sich treffen und miteinander sprechen. Um Punkt sechs Uhr muss aber jeder an seinem Platz sein. Dann erlischt der Zauber."

„Und wenn jemand nicht rechtzeitig zurück ist?"

„Dann fällt seine Skulptur in viele Einzelteile auseinander und ist für immer zerstört."

Der Löwe reckte sich und schaute der kleinen Möwe fest in die Augen.

„Schlaf ruhig weiter. Ich werde die Gunst der Stunde nutzen und mich auf den Weg machen. Hier bist du geschützt und niemand wird dir etwas tun."

„Wir sehen uns, wenn du zurück bist, ja? Ich werde immer sehr früh wach."

Der Löwe machte einen gekonnten Sprung und landete lautlos auf seinen samtigen Pfoten.

Die kleine Möwe kuschelte sich zusammen und schlief wieder ein. Sie hatte noch so viele Fragen, die sie dem Löwen stellen wollte, wenn er zurückkäme.

Sie schlief so fest und so tief, dass sie seine leise Rückkehr gar nicht bemerkte. Als sie erwachte, lag der Löwe wieder an seinem Platz, und die goldene Farbe leuchtete in der frühen Morgensonne. Es war zehn Minuten nach sechs.

Beim nächsten Vollmond würde sie wieder kommen.

Sommerausklang

Die letzten
Sommersonnenmomente
trage ich vorsichtig
in die winterliche
Vorratskammer.
So kann ich mich
nach Bedarf
an ihnen
erfreuen.

Septemberende

Buntes Blattwerk
von Einheitsgrau umsponnen
mit Regentropfen benetzt
dem Wind zum Trotz
an Äste geklammert
Septemberende

Lieber Tag,

seit geraumer Zeit tust du dich schwer. Morgens erscheinst du ständig etwas später, als hättest du verschlafen. Dein sonst so strahlen-
des Auftreten ist grau, miesepetrig und freudlos. Deine Haut ist
blass, als hätte sie lange keine Sonne gesehen. Deine Haare fliegen
durch die Luft und sind kaum zu bändigen. Und, was mir am mei-
sten Sorgen macht, dein Gesicht zeigt häufig Tränen. Was ist los mit
dir? Als unser gewohnter Begleiter lässt du uns ganz schön hängen.
Wie sollen wir mit dem Leben klarkommen, wenn du uns so wenig
Ansporn gibst? Dein Aufenthalt bei uns verläuft derzeit zäh und
freudlos. Es scheint, wenn du dein Soll erfüllt hast, machst du dich
schnell wieder aus dem Staube, jedes Mal ein wenig früher. Vielleicht
wird dein Dasein etwas freundlicher, wenn der Winter dich beglei-
tet, mit klarer trockener Luft, Schneekristallen und dem Leuchten der
Sonne. Bitte lass uns nicht zu lange im Herbst-Winterblues und zeig
dich bald wieder von einer anderen Seite.

Lähmende Stille

Und plötzlich war da nur noch Stille. Ein Geruch von satter Erde umfing sie. Im ersten Moment wusste sie nicht, ob sie tot oder lebendig war. Ein stechender Schmerz durchzuckte sie. Vorsichtig öffnete sie ihre brennenden Augen. Dunkelheit umfing sie. Langsam begann sie, ihre Finger zu bewegen und krallte sie, nach Halt suchend, in die feuchte Erde. Trotz unerträglicher Schmerzen gelang es ihr, sich langsam auf die Seite zu drehen. Nach und nach gewöhnten sich ihre Augen an die Dunkelheit. Etwas kitzelte ihre Nasenspitze. Sie drehte ihren Kopf in eine leichte Schieflage und erblickte die untergehende Abendsonne, deren warme Strahlen durch das volle Blattwerk einer blühenden Kastanie lugten.

Auf einmal war es nicht mehr still. Ihr rasender Puls dröhnte erbarmungslos in ihren Ohren. Sie hatte Angst, ein frostiges, beklemmendes Gefühl, das sie umfing, wenn sie die Kontrolle über sich und ihr Leben zu verlieren schien. Wo war sie? Um das zu ergründen, drehte sie sich vorsichtig wieder auf den Bauch, schloss die Augen und konzentrierte alle Sinne auf ihre tastenden Hände. Stück für Stück erspürten ihre Finger den kühlen, weichen Boden. Er fühlte sich feucht und lehmig an. Plötzlich stieß sie auf etwas Spitzes, Scharfkantiges, das sich neben ihr in Hüfthöhe befand. Sie zog den unbekannten Gegenstand näher zu sich heran, stützte sich auf ihre Hände, drückte sich vorsichtig hoch, zog die Knie heran und richtete sich auf. Sie öffnete die Augen und erstarrte. Der Gegenstand vor ihr war ein menschlicher Schädel. Das Blut peitschte durch ihre Gefäße, ihr Herz raste. ‚Lebendig begraben' – dieser eine Gedanke hämmerte in ihrem fieberhaft arbeitenden Gehirn. Krampfhaft versuchte sie sich zu erinnern, was passiert war, doch nur Bruchstücke blitzten in ihrer Erinnerung auf.

Sie war gerannt, quer durch den Wald, immer weiter, immer weiter. Die Panik trieb sie vorwärts, abseits der Wege, quer durchs Unterholz. Ein paar Mal stolperte sie, fiel der Länge nach hin und verletzte sich die Handinnenflächen und die Knie. Der brennende Schmerz in ihren Knien hielt hartnäckig an. Vor was oder vor wem war sie davongerannt? Sie musste hier raus. Dieser Gedanke trieb sie an, gab

ihr Kraft. Mühsam richtete sie sich auf, tastete sich mit ihren bluten-
den Händen an der Wand entlang, auf der Suche nach Unebenheiten,
die ihr die Flucht aus diesem Gefängnis ermöglichten. Nichts, es gab
keine Unebenheiten, nichts, was sie als eine Stufe nutzen konnte. Sie
ertastete ein weit verzweigtes Wurzelwerk. Panisch riss sie die Wurzeln aus dem Erdreich und warf sie achtlos hinter sich. All ihre Bemühungen waren umsonst. Die Wurzeln rissen trockenen Sand aus
der Wand. Feuchte Lehmpartikel rutschten nach und verschlossen
die wenigen Zentimeter Hohlraum, den sie vorher mühsam freige-
legt hatte. Resigniert sank sie auf ihre schmerzenden Knie, schlug die
verschmutzten Hände vors Gesicht und begann zu weinen. Lautlos
rannen die Tränen über ihre Wangen und hinterließen eine feine
Spur in ihrem vom Schmutz verzerrten Gesicht.

Wenig später wurde ihr Körper von einem hemmungslosen Schluch-
zen geschüttelt.

Es begann zu regnen. Sie spürte, wie etwas auf ihren Kopf nieder-
prasselte, ungleichmäßig und unregelmäßig. Die Erkenntnis schlug
ein wie ein Blitz. Das war kein Regen, das war feuchte, dunkle Erde.
Sie wurde lebendig begraben, ohne die geringste Chance zu entkommen.

Sie schlug die Augen auf. Um sie herum herrschte Dunkelheit.

Ihre Augen suchten fieberhaft nach Vertrautem. Langsam nahmen
ihre Augen die Umrisse ihres Schlafzimmers wahr. Neben sich hörte
sie die tiefen, gleichmäßigen Atemzüge ihres Mannes. Sie hatte ge-
träumt. Erleichtert sank sie in ihre Kissen zurück und versuchte, diesen grauenhaften Traum wie ein ekliges Insekt abzuschütteln und
wieder einzuschlafen.

Gezeichnet

Alles war anders geworden. Zum ersten Mal seit einem halben Jahr bestieg er ‚seinen' Bus an der Endhaltestelle. Der Kollege, den er ablöste, war ehrlich erfreut, ihn wieder zu sehen und wünschte ihm eine gute Fahrt.

Er hatte sich lange auf diesen Tag vorbereitet und gefreut, aber sein Empfinden sprach plötzlich eine andere Sprache. Er bemerkte die Schweißperlen auf seiner Stirn, fühle seinen Puls rasen und wäre am liebsten wieder ausgestiegen. Schon als Kind hatte er nur einen Berufswunsch, einen großen gelben Bus zu fahren. Er hatte sich seinen Traum erfüllt und seit fast zwei Jahrzehnten saß er auf dem Bock des großen Berliner Stadtbusses. Er fuhr die erste Haltestelle an. Es regnete in Strömen und die Menschen drängten sich in den warmen Bus, der sie ihrem Arbeitsplatz näher bringen würde. Er war einer der wenigen Busfahrer in Berlin, der seine Gäste beim Einsteigen freundlich gegrüßt hatte. Heute brachte er kaum eine Silbe über seine Lippen, er redete nur das Nötigste und beantwortete Fragen zu Fahrpreisen und Umsteigemöglichkeiten. Doch er betrachtete jeden Zusteigenden genau. Obwohl sein Therapeut ihn theoretisch sehr einfühlsam auf diese Anfangsschwierigkeiten vorbereitet hatte, war die Praxis eine andere, wie er gleich zu Dienstbeginn merkte. Er hoffte inständig, dass sich dieses flaue Gefühl in der Magengegend bald legen würde und er zu seiner alten Form zurück kehren würde. Das war nicht er, Friedrich Mentzel, achtunddreißig Jahre alt, groß, stattlich, immer guter Laune und unerschrocken.

Er war unsicher, argwöhnisch und misstrauisch. Sie hatten sein Leben auf den Kopf gestellt, die drei Jugendlichen, die ihn vor einem halben Jahr an einer Endhaltestelle brutal überfallen hatten, ihm ein Messer in die Rippen stießen, das die Lunge nur knapp verfehlte. Nachdem er zu Boden gefallen war, hatten sie ihn brutal getreten. Blutüberströmt, bewusstlos, mit mehreren gebrochenen Rippen hatten ihn Passanten gefunden und sofort einen Rettungswagen angerufen.

Wochenlang lag er im Krankenhaus. Seine körperlichen Wunden verheilten, seine traumatischen Erlebnisse konnte er trotz einer Therapie nicht so schnell verarbeiten. Seine schlimmste Erfahrung war jedoch, dass er nicht mehr an das Gute im Menschen glaubte. Und er hatte Angst, denn die Täter waren immer noch auf freiem Fuß.

Schrecksekunden

Eingekuschelt in ihre warme Decke und für einen kurzen Moment im unendlichen Reich der Träume, schreckte sie hoch. Die Zifferblätter auf ihrem Wecker zeigten 23.23 Uhr. Im ersten Moment konnte sie das Geräusch, das sie geweckt hatte, nicht zuordnen. Doch in seiner Penetranz begriff sie schnell, dass es das Telefon war. Mit dem Blick erst auf die Uhr, dann auf das Telefon, setzte auch der Biorhythmus der Nacht aus und Herz- und Pulsschlag begannen eine rasante Achterbahnfahrt. „Um Gottes willen, was ist passiert?" Sie setzte sich aufrecht in ihr Bett und griff nach dem Hörer. „Hier ist ein R-Gespräch für Sie. Wollen Sie es annehmen? Die Gebühren betragen ... ." Sie hatte instinktiv aufgelegt. In ihrem Kopf schlugen die Gedanken Purzelbäume.

R-Gespräch, das hatte sie schon einmal im Fernsehen gesehen. Wenn Menschen in Not sind und keine finanziellen Mittel mehr haben, rufen sie an und der Angerufene übernimmt die Kosten. Sie zitterte am ganzen Körper. Fieberhaft überlegte sie, wer da angerufen haben könnte und vielleicht ihre Hilfe brauchte. Ludwig, ihr Sohn, war mit seiner Familie im Urlaub auf Gran Canaria und hatte sie erst heute angerufen. Ihre Tochter Christine hatte sie heute Nachmittag zum Kaffee und Abendessen abgeholt und wieder nach Hause gebracht. Abends hatten sie noch einmal telefoniert und sie hatte fernmündlich ihren beiden Enkelkindern eine gute Nacht gewünscht.

Es muss sich um eine Verwechslung gehandelt haben. Mit diesen Gedanken legte sie sich wieder hin und versuchte, erneut einzuschlafen. Doch die Unruhe blieb und die Nacht verlief mehr oder weniger schlaflos. Trotz ihres hohen Alters stand sie jeden Morgen um sieben Uhr auf. An diesem Morgen war sie von einer inneren Unruhe getrieben. Heutzutage konnte man nicht vorsichtig genug sein. Noch in der Nacht hatte sie alle Türen und Fenster ihres Hauses überprüft, in dem sie seit dem Tod ihres Mannes vor zwei Jahren allein lebte.

Egal, sie brauchte Gewissheit und rief ihre beiden Kinder zu nachtschlafender Zeit an, um sich zu vergewissern, dass es ihnen gut ging. Am späten Vormittag rief Christine nach einer Recherche im Internet zurück und verscheuchte ihre letzten Zweifel. Tatsächlich war das eine neue Art der Telefonabzocke. Sie hatte richtig gehandelt und klopfte sich insgeheim auf ihre zweiundachtzigjährigen, von Arthrose geplagten Schultern.

Blickwinkel

Warum wollen wir immer
den Überblick behalten?
Wir bemühen uns
um den Durchblick
uns vergessen dabei,
den Anblick
zu schätzen,
nur für einen
Augenblick.

Eine Frage der Perspektive

Mitten im Geschehen
sah ich Gestalten stehen.
Die Augen starr
und regungslos,
der Körper aufrecht,
bewegungslos,
Masken im Straßenbild,
bedeutungslos.
Doch ein genauer Blick verriet,
das ist ein Mensch,
der lebt und fühlt.

Er sieht die Welt
aus seiner Sicht,
doch, was er sieht,
verrät er nicht.
Wir sollten öfter
abseits stehen,
den Blick
in jede Richtung drehen
und unser enges Selbst verlassen,
um neue Perspektiven
zu erfassen.

Neues aus der Gesundheitspolitik

„Sie sind verbunden mit der Praxis Dr. Wohlgefühl. Leider sind unsere Mitarbeiter gerade alle beschäftigt. Bitte haben Sie ein wenig Geduld. Wir verbinden Sie mit dem nächsten freien Mitarbeiter."

Warteschleife - Endlosmusik, die ich schon nach wenigen Durchläufen mitsingen kann, dann ein Knacken in der Leitung.

‚Endlich', denke ich und hole tief Luft.

„Sind Sie Privatpatient, dann drücken Sie bitte die 1. Wenn Sie Kassenpatient sind, drücken Sie bitte die 2."

Ich drücke die 2.

„Bitte teilen Sie uns als erstes Ihre Krankenkasse und Ihre Versichertennummer mit."

Ich nenne meine Krankenkasse und meine Versichertennummer.

„Welche Beratung benötigen Sie? Haben Sie Fragen zu den inneren Organen, dann drücken Sie bitte die 1. Haben Sie Schmerzen im Hals-Nasen-Ohren Bereich, drücken Sie bitte die 2. Haben Sie Probleme mit ihrem Bewegungsapparat, so drücken Sie bitte die 3."

Ich drücke die 3.

„Haben Sie Beschwerden in der Halswirbelsäule, drücken Sie bitte die 1. Haben Sie Beschwerden in der Brustwirbelsäule, drücken Sie bitte die 2. Haben Sie Probleme mit der Lendenwirbelsäule, so drücken Sie bitte die 3.

Wenn Sie Schmerzen im Brustbein haben, die bei Männern in den linken Arm ausstrahlen, könnte es sich um einen Herzinfarkt handeln. In diesem Fall sollten Sie den Notarztwagen anrufen, um schnelle Hilfe im nächsten Krankenhaus zu erhalten. Bei Frauen äußert sich ein Herzinfarkt oft durch Beschwerden in den Kiefergelenken, in den Schulterblättern oder auch durch fortgesetzte Übelkeit. Auch dann empfehlen wir, umgehend den Notarzt anzurufen."

Ich blicke auf meine mitgekritzelten Stichworte und drücke die 1.

„Unser Budget ist in diesem Quartal leider erschöpft. Sie können es bei einem anderen Arzt versuchen oder unsere speziell für Sie zusammengestellten Anleitungen befolgen,um ihre Halswirbelsäule wieder in Form zu bringen.

Sollte Ihr Telefon über einen Lautsprecher verfügen, so stellen Sie bitte auf laut.

Setzen sie sich auf einen großen Gymnastikball oder einen Stuhl ohne Rückenlehne und befolgen Sie unsere Anweisungen."

Pause

„Setzen Sie sich aufrecht hin. Die Arme hängen locker herunter, die Füße sollten hüftbreit auseinander stehen. Schließen Sie die Augen und atmen Sie tief in den Bauch ein und durch den leicht geöffneten Mund mit einem ‚fffff‘ wieder aus.
Wiederholen Sie die Übung drei Mal, bis Ihr Körper ganz auf Ruhe eingestellt ist."

Pause

„Die nächste Übung ist für Ihren Schultergürtel. Lassen Sie Ihre Schultern kreisen - nach oben, nach hinten und nach unten. Achten Sie auf gleichmäßige, geschmeidige Bewegungen und atmen Sie dabei ruhig weiter. Machen Sie diese Übung zehn Mal hintereinaner, langsam und auf keinen Fall ruckartig."

Pause

„Für die nächste Übung greifen Sie mit der rechten Hand über den Kopf und berühren dabei das linke Ohr. Drücken Sie das linke Schultergelenk nach unten und spreizen Sie die linke Hand vom Körper weg. Beugen Sie den Kopf so weit zur rechten Schulter, bis Sie eine Dehnung in der linken Halsmuskulatur spüren. Gehen Sie nicht über Ihre Schmerzgrenze hinaus, Sie sollten aber einen angenehmen Dehnungseffekt spüren. Atmen Sie dabei ruhig weiter. Nach etwa zehn Sekunden lösen Sie bitte die Spannung, bringen den Kopf langsam wieder in eine aufrechte Position und wiederholen die Übung noch vier Mal. Entsprechend bringen Sie auch die andere Seite in ein Spannungs- und Entspannungsfeld."

Pause

„Für unsere letzte Übung setzen Sie sich bitte wieder aufrecht hin, sodass die Wirbelsäule in einer aufrechten Position ist.

Verschränken Sie Ihre Hände hinter dem Kopf. Achten Sie darauf, dass Ihre Arme gestreckt nach außen zeigen. Atmen Sie tief in den Bauch ein und ziehen Sie den Kopf beim Ausatmen mit beiden Händen nach vorne. Ziehen Sie das Kinn zur Brust.

Halten Sie die Spannung ein paar Sekunden und gehen Sie langsam aus der Dehnung heraus. Wiederholen Sie diese Übung bitte noch vier Mal."

Pause

„Nun stellen Sie sich bitte aufrecht hin, schütteln Sie Ihre Arme, Beine und Handgelenke aus.

Wie fühlen Sie sich jetzt?

Diese Übungen können Sie mehrmals am Tag machen, um Ihre gesamte obere Wirbelsäule zu trainieren und Ihre verspannte Muskulatur zu lockern.

Wir danken für Ihren Anruf und sind immer wieder gerne für Sie da.

Die fälligen Praxisgebühren von zehn Euro und die Gebühren für unsere fünfzehnminütige Anleitung - eine Minute kostet einen Euro und fünfzig Cent - werden über Ihre Krankenkasse von Ihrem Konto abgebucht.

Wir danken für Ihren Anruf.

Ihr Praxisteam der Praxis

Doktor Wohlgefühl."

Ein Knacken in der Leitung zeigt mir, dass das Gespräch einseitig beendet wurde. Nun sitze ich hier, um etliche Euronen erleichtert und einem Kopf zum Platzen.

Es lebe das Gesundheitswesen.

Ausnahmezustand

„Hör mir zu", flüsterte der Körper der Seele zu. Die Seele war so mit sich und den anderen für sie wichtigen Dingen beschäftigt, dass sie das, was der Körper ihr mitteilen wollte, unwirsch zur Seite schob. „Jetzt nicht, ich habe jetzt keine Zeit." Der Körper seufzte und zog sich deprimiert in seine eigenen Grenzen zurück. So konnte es doch nicht weitergehen. Aber er kannte das schon. Gewisse Appelle landeten immer auf der Reservebank. Entweder sie verschwanden von alleine wieder oder sie plusterten sich in übernatürlicher Größe auf, dass auch der Blindeste sie nicht mehr ignorieren konnte. Der Körper wachte und sandte in regelmäßigen Abständen seine kleinen, dezenten Erinnerungen aus. Im Ignorieren hatte sich die Seele geübt und sich ihr kleines Netz immer und immer wieder mit doppeltem und dreifachem Boden ausgelegt. Und dann entschloss er sich zu einem direkten Angriff. Er setzte symbolisch ein kleines Insekt auf das linke Trommelfell und ließ es unüberhörbar und verzweifelt mit den Flügeln schlagen. Ein Giftpfeil traf die Halswirbelsäule und hinterließ seine Auswirkungen bis in die Schulterblätter. Die Seele schreckte auf. Was war das? Und plötzlich sah sie deutlich, was ihr der Körper seit Wochen signalisierte: Sie wollte nichts mehr hören. Sie hatte den Kopf im wahrsten Sinne zu voll. Sie hatte sich regelrecht in ihrer Arbeit verbissen. Die Schultern brachen unter der Last des Alltäglichen zusammen. Und alles stimmte in den Chorgesang nach Ruhe ein.

Manchmal ist es nötig, sich selbst wieder ganz wichtig zu nehmen.

Die Wirbelsäule

Kennt ihr ihn auch, den Plagegeist,
der schlicht die WIRBELSÄULE heißt?

Sie hilft beim Liegen und beim Stehen und lässt uns
immer aufrecht gehen.

Doch wehe, wenn sie sich verrenkt
und sich ein Nerv in ihr verklemmt!

Ob Ischias oder Hexenschuss,
mit gerader Haltung ist nun Schluss!

Ganz übel rückt sie uns zu Leibe,
die eingeschnappte Bandscheibe.

So manchem bleibt es nicht erspart,
er braucht des Doktors weisen Rat.

Mit ein paar Griffen oder Spritzen
kommt mancher Wirbel echt ins Schwitzen.

Drum pflegt euch, schont den Rücken,
beim Sitzen, Heben oder Bücken.

Der Blutdruck

Den kleinen Giftzwerg
hab ich ihn genannt,
der uns als
Blutdruck ist bekannt.
In oft unerkannter Weise
treibt er sich rum,
manchmal laut
und manchmal leise.
Ist er im Keller,
fühlt man sich,
als sähe man
nur Dämmerlicht.
Das Innere wird
nicht richtig munter,
der Tag zieht
einen richtig runter.
Doch wenn die
Schädeldecke brummt,
der Körper
überall nur summt,
tobt dieser Giftzwerg
durch die Venen,
vorbei ist es
mit Dauergähnen.
Drum passt gut auf,
zeigt ihm die Schranken,
der Kreislauf wird's
euch sicher danken.

Nicht nur ein Frauenproblem

So manche Frau
kennt diese Plage,
ist es doch
eine Altersfrage.

Die Hitze steigt
von unten rauf,
hört das denn
gar nicht wieder auf?

Ein feiner Film
glänzt auf der Haut,
als wenn der Schnee
ganz langsam taut.

Ganz unruhig
wird der eigene Blick,
hoffentlich kriegt
niemand etwas mit.

Der Körper scheint
im Fieberwahn,
was Frau am Körper trägt,
ist viel zu warm.

Sie schnappt nach Luft,
atmet tief ein,
die Welle hüllt
sie wärmend ein.

Und wie sie kommt,
so geht sie wieder,
Frau setzt sich nun
erleichtert nieder.

Das Leben kehrt
in sie zurück.
Das wäre überstanden,
welch ein Glück!

Das Speisezimmer

Wenden wir uns heute einem Teil unseres Luxuskörpers zu, der allgemein das ‚Speisezimmer' genannt wird und der sich im Verlauf unseres Lebens immer wieder verändert. Bei einem Neugeborenen entspricht das Speisezimmer einem leeren Raum in einer Neubauwohnung.

In mühevoller Kleinarbeit wird er liebevoll eingerichtet, doch nach einer gewissen Lebensdauer muss der eine oder andere Mieter aus unerklärlichen Gründen weichen. Nach der Periode der Milchzähne kommt eine neue Generation von Mietern, unbeirrbar, voller Lebenskraft, mit denen wir kräftig zubeißen können, solange sie nicht mit roher Gewalt behandelt werden. Eine regelmäßige Pflege und Durchlüftung ist notwendig, sonst gibt es leicht Stinke- und Stänkereien. Die respektable Hausgemeinschaft kann so lange in Ruhe und Frieden leben, bis sich vier Neunmalkluge dazu gesellen. Das klappt nicht immer reibungslos, denn niemand will etwas von seinem eingenommenen Stammplatz abgeben. Entweder, die Bewohner arrangieren sich mit den Neuankömmlingen, genannt Weisheitszähne, oder setzen alles daran, sie wieder frühzeitig loszuwerden.

Der Zahn der Zeit macht auch im friedlichsten Speisezimmer keine Ausnahme. Erste Schönheitsoperationen stehen an, dem Zahn wird mächtig an der Wurzel gerüttelt, ein neues Outfit, oft sehr kostenintensiv, lässt so manche kariöse Zahnruine wieder im rechten Weiß erstrahlen. Im allergrößten Notfall schlägt der Doktor der Zahnheilkunde eine Totalsanierung vor, und die dritten Zähne erstrahlen im neuen Glanz, auch wenn das Bankkonto danach leer ist.

Doch ein Fremdkörper bleibt ein Fremdkörper. Meist betrachtet er sich als Tagesgast in einer Fremdwohnung und verbringt die Nächte lieber im Kukident-Wasserglas. Je nach Lebensweise und Lebensart sind die Bewohner eines Speisezimmers friedliche Gesellen. Im Eifer des Gefechtes kann der eine oder andere schon mal an Fassung verlieren, seine Krone in einzelne Porzellanstückchen zerfallen oder das Zahnfleisch zieht sich konsequent zurück.

Gesellen einer besonderen Spezies sind der Kuchenzahn, als ein Relikt längst vergangener Zeiten, der Wackelzahn, der in seiner Körperspannung stark eingeschränkt ist und der süße Zahn, an dem keine Leckerei unbemerkt vorbeikommt. Selbst die alte Kaiser-Wilhelm-Gedächtniskirche in Berlin wurde bisher als ‚hohler Zahn' betitelt. Warten wir die Sanierung und deren Ergebnis ab. Im täglichen Leben begegnet uns der Geselle Zahn öfter, als wir denken. In wie vielen Situationen müssen wir die Zähne zusammenbeißen, wenn uns das Leben herausfordert. Am Ende unserer Kräfte, wenn wir uns an einer Aufgabe die Zähne ausgebissen haben, laufen wir auf dem Zahnfleisch. Und wenn wir gearbeitet haben wie ein Pferd und wie ein Kaninchen zu essen bekommen, ist das lediglich etwas für den hohlen Zahn. In der heutigen Zeit sind manche bis an die Zähne bewaffnet, um sich in Gefahrensituationen wehren zu können. Oftmals geht es nach der Devise:

Auge um Auge -
Zahn um Zahn

Zähne machen Geschichte,

stehen uns gut zu Gesichte.

Und am Ende eines Lebens

war der Aufwand nicht vergebens.

Doch schließt sich hier der Kreis,

was jeder Mensch auch weiß.

Das Speisezimmer ist oft leer,

es gibt keine Bewohner mehr.

Die Innereien

Wie gut, dass wir unser organisches Innenleben nicht ständig vor Augen haben und sehen, was sich so darin abspielt. Aber wir reagieren darauf, besonders, wenn unser vegetatives Nervensystem einen anderen Weg als das organische geht. Ich gehe nicht aus dem Haus, ohne zu frühstücken. Ein leerer Bauch studiert nicht gern, so heißt es. Es muss ja nicht viel sein, aber wenn mir mitten bei der Arbeit der Magen knurrt, hört sich das für die Umstehenden nicht so harmonisch an. Ähnliches lässt sich von den Organen unterhalb des Magens feststellen, selbst, wenn es mal eine Zeit gab, in der das Furzen zum guten Ton gehörte. „Was rülpset und furzet ihr nicht? Hat es euch nicht geschmecket???", soll bereits Martin Luther gefragt haben. „Wer gut rülpst und gut furzt, spart den Apotheker und den Arzt!" (Alte Bauernregel) „Wenn's Arscherl brummt, ist's Herzerl g'sund."

Na bitte, da können wir doch unser geschundenes Gesundheitssystem entlasten und den Krankenkassen aufwändige Untersuchungskosten ersparen, wenn wir ganz schamlos die Luft ablassen! Nun, wer trotzdem unter Magenschmerzen leidet, sollte sich öfters mal auf andere Art und Weise Luft machen.

Nicht nur, dass die Liebe durch den Magen geht, so kann sich der Magen auch in Stresssituationen umdrehen.

Meinungsverschiedenheiten können auf den Magen schlagen oder solche Ausmaße haben, dass einem die Galle hoch kommt. Dann dauert es nicht lange, bis man Gift und Galle spucken möchte. Nicht jeder kann sich verbal entladen und spielt eher die beleidigte Leberwurst. Möglicherweise liegt das Essen schwer im Magen, weil die Leberwurst vor lauter beleidigt sein schlecht geworden ist. Da ist es schon gesünder, wenn nur eine Laus über die Leber läuft. Zum Glück gibt es für all unsere inneren Zipperlein immer noch zahlreiche Hilfsmittel (doch vergessen Sie nicht, Ihren Arzt oder Apotheker nach Risiken und Nebenwirkungen zu fragen), man schalte nur den Fernseher beim Abendbrot an, kurz bevor die Nachrichten beginnen. Möglicherweise hat sich das Abendbrot dann vor Ekel erledigt oder man lebt frei nach dem Spruch: „Zwischen Leber und Milz passt noch ein Pils"

Winterzeit - Erkältungszeit

Bazillen, die chillen,
sind mir ein Graus,
sie mähren sich
unendlich lange aus.

Sie pirschen sich ran,
vereinzelt und leise,
vermehren sich still
auf listige Weise.

Dann greifen sie an,
mit voller Gewalt,
toben sich aus,
es wird einem kalt,
alsbald wieder heiß,
ein Hin und ein Her.
Wo habe ich das
nur wieder her?

Die Nase, sie läuft,
der Husten keucht,
die Stimme versagt,
der Körper klagt,
eine Arie in Moll,
des Jammerns voll.

Doch hilft kein Gezeter,
kein Jammern und Klagen,

der Körper will nur
Zeit für sich haben,
um zu gesunden,
sich zu erholen,
Kraft zu tanken,
dem Himmel zu danken,
wenn es vorbei zieht
und er das Leben
mit neuen Augen sieht.

Die Blase

Vergleichbar einer Vase,
verhält sich unsere Blase.

Die Muskeln, wenn sie gut trainiert,
verhindern, dass sie was verliert.

Wohl dem, der stolz behaupten kann,
dass sie nicht tröpfelt, dann und wann.

Schaut man der Blase auf den Grund,
erinnert sie an Vollmond, prall und rund.

Viel trinken, gut verteilt über den Tag,
ist das, was jede Niere mag.

Dann klappt's auch mit dem Wasserlassen
und eure Blase bleibt gelassen,
zeigt sich weiter prall und rund
und ihr bleibt einfach schön gesund.

Der Wunschzettel

„Hallo, ist da jemand?" Sie bemühte sich, ihrer Stimme einen festen Klang zu geben und schob vorsichtig die angelehnte Wohnungstür auf. „Hallo?", wiederholte sie noch einmal deutlich.

„Hier bin ich, im Kinderzimmer", antwortete ein helles Stimmchen. Frau Silbermann umfasste ihren Gehstock und betrat das Kinderzimmer.

„Julia, warum ist die Eingangstür auf und warum bist du nicht in der Schule?"

Entsetzt blickte die Nachbarin auf ein blondes Mädchen von etwa sieben Jahren herab, das auf dem Fußboden des Kinderzimmers saß und etwas auf ein Blatt Papier malte.

„Hallo Frau Silbermann", begrüßte das kleine Mädchen die Nachbarin, sprang plötzlich auf und warf sich der älteren Dame schluchzend in die Arme.

„Kleines, was ist denn passiert? Nun rede doch mit mir." Sanft, aber deutlich, schob Frau Silbermann das kleine Mädchen von sich und blickte ihm prüfend in die verweinten Augen.

„Ich konnte nicht zur Schule gehen. Mama ist die ganze Nacht nicht nach Hause gekommen und ich habe die Tür aufgemacht, falls sie ihren Schlüssel vergessen hat."

Frau Silbermann blickte sich besorgt um. Julia hatte noch ihren bunten Plüschpyjama an. Im Zimmer lag alles kreuz und quer durcheinander.

„Komm, zieh dir deinen Morgenmantel über und dann gehen wir nach nebenan zu mir. Ich werde dir erst mal einen Kakao kochen und dir Frühstück machen."

Julia zog brav ihren Morgenmantel über, nahm das Blatt Papier und ein paar Stifte und folgte Frau Silbermann in ihre Wohnung. Während Julia hastig die beiden Toastscheiben mit goldgelbem Honig herunterschlang, erfuhr Frau Silbermann bruchstückhaft, was sich bisher ereignet hatte.

Julia und ihre Mutter lebten seit ein paar Monaten alleine. Julias

Vater hatte eine sehr junge Freundin, wurde bald zum zweiten Mal Vater und hatte seine kleine Familie von heute auf morgen im Stich gelassen. Julias Mutter war Krankenschwester. Man war ihr in der Klinik zwar entgegen gekommen und setzte sie als alleinerziehende Mutter meist nur im Tagesdienst ein, doch hin und wieder ließ sich ein Nachtdienst nicht vermeiden. Frau Silbermann sprang gern als Kindermädchen ein und Julia mochte die freundliche Dame auch gern. Als Julias Mutter am Abend nicht nach Hause gekommen war, hatte Julia bei Frau Silbermann an die Tür geklopft. Die ältere Dame war ein wenig schwerhörig und setzte beim abendlichen Fernsehprogramm stets einen Kopfhörer auf, um die Nachbarn um sie herum nicht zu stören. Sie hatte das Klopfen des kleinen Mädchens nicht gehört und machte sich nun bittere Vorwürfe. Was muss die Kleine durchgemacht haben, die ganze Nacht alleine in ihrer Sorge um ihre Mutter?

Frau Silbermann wusste nicht, was sie davon halten sollte. Im Fall eines kurzfristigen Nachtdienstes hätte Julias Mutter sie informiert und Julia hätte bei Frau Silbermann geschlafen. Während sie Julia beruhigte und tröstete, überlegte sie fieberhaft, was sie tun könne. Sie musste in der Klinik anrufen. Julia saß währenddessen am Küchentisch und vollendete ihren begonnen Brief an den Weihnachtsmann, in dem sie sich nichts sehnlichster wünschte, als dass er ihre Mama nach Hause schicken möge.

Den Kopf in der Schräglage dachte sie verbissen nach, was sie dem Weihnachtsmann noch alles versprechen wollte. Sie musste ihm ja etwas anbieten, was sie in Zukunft besser machen oder unterlassen würde, damit der Weihnachtsmann ihren sehnlichsten Wunsch erfüllte.

„Hast du einen Briefumschlag und eine Briefmarke für mich? Ich muss meinen Wunschzettel ganz schnell an den Weihnachtsmann abschicken, damit er ihn bald bekommt."

Zum Absenden bereit, legte sie den Brief ‚AN DEN WEIH-NACHTSMANN' auf den Küchentisch.

Julia fühlte sich müde und kroch in Frau Silbermanns großes Doppelbett.

Sobald Julia eingeschlafen war, begann Frau Silbermann zu telefonieren, entschuldigte das Mädchen wegen Krankheit in der Schule und rief Julias Vater an, nachdem sie mit viel Mühe und Geduld in der Klinik erfahren hatte, dass Julias Mutter nach Dienstschluss einen Autounfall hatte und in der Nacht notoperiert werden musste. Sie lag auf der Intensivstation und war mittlerweile außer Lebensgefahr.

Während Julia schlief, suchte Frau Silbermann Julias Kleidung zusammen, und als das kleine Mädchen in Frau Silbermanns Badewanne saß, bereitete sie das Kind behutsam darauf vor, was passiert war.

„Während du geschlafen hast, kam der Briefträger und ich habe ihm deinen Wunschzettel mitgegeben. Ich habe auch schon eine Antwort, allerdings eine sehr traurige. Deine Mama kommt wieder, aber nicht so schnell, denn sie ist krank. Gestern Abend hatte sie nach der Arbeit einen Unfall mit dem Auto und musste wieder ins Krankenhaus. Sie wurde sofort operiert und konnte sich deshalb nicht bei dir melden. In einer halben Stunde kommt dein Papa dich abholen und fährt mit dir ins Krankenhaus. Und wenn du an Weihnachten bei deinem Papa bist, kannst du deine Mutter jeden Tag besuchen."

Julia war betroffen und versuchte zu begreifen, was Frau Silbermann ihr behutsam erklärt hatte. Aber die alte Dame hatte soviel Hoffnung in der Stimme, dass Julia plötzlich trotz des Kummers lächelte, aus der Wanne stieg und sagte:

„Dann wollen wir uns mal beeilen, ich will Mama nicht lange warten lassen."

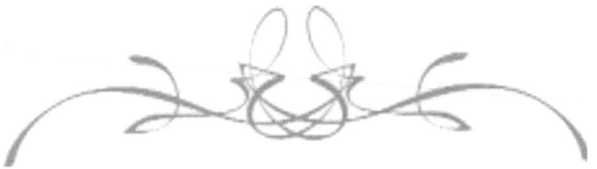

Ein unerwarteter Nikolaus

Verschlafen blinzelte sie durch die halb geöffneten Augen und suchte die Leuchtziffern ihres Uhrenradios. Es war erst zwei Uhr dreiundzwanzig. Innerlich atmete sie auf. Sie konnte noch vier Stunden schlafen. Plötzlich durchzuckte etwas ihren schlaftrunkenen Körper. Sie riss die Augen auf und hielt unwillkürlich den Atem an. Mit einem Schlag war sie hellwach. Hinter sich vernahm sie tiefe, regelmäßige Atemzüge. Sie wagte nicht, sich zu bewegen. Verzweifelt überlegte sie, ob sich in der unmittelbaren Umgebung ihres Bettes ein Baseballschläger, Hammer oder ein Nudelholz befanden. Natürlich bewahrte sie Utensilien dieser Art woanders auf, nämlich dort, wo sie hingehörten.

Sie ballte ihre linke Hand zur Faust, rückte leise und lautlos an die Kante ihres Bettes und knipste entschlossen die Nachttischlampe an. Mit einem Ruck drehte sie sich um, ballte beide Hände fest zur Faust, bereit, ihr Leben bis aufs Letzte zu verteidigen. Im schwachen Schein der Nachttischlampe blickte sie in ein schlafendes Männergesicht. Dunkle verwuschelte Haare schauten keck unter der Bettdecke hervor. Ein jungenhaftes Gesicht mit einem braunen Vollbart schlief den Schlaf der Gerechten. Sie knipste die Nachttischlampe wieder aus, bevor der ungebetene Gast in ihrem Bett etwas merkte, und kletterte leise aus dem Bett. Sie schlich aus dem Schlafzimmer, zog die Tür geräuschlos zu und schloss sie ab. Sie atmete aus und merkte, wie ihr der Schweiß am ganzen Körper herunterrann. Leise schlich sie in die Küche, nahm eine Flasche Mineralwasser aus dem Kühlschrank, zündete sich eine Zigarette an und versuchte, ihre wirren Gedanken zu ordnen.

Wie kam ein fremder Mann in ihre Single-Wohnung und sogar in ihr Bett?

‚Ich muss die Polizei rufen', war der erste klare Gedanke, den sie fassen konnte. Schon hatte sie das Telefon in der Hand, legte es aber sogleich wieder auf den Tisch zurück. Ein Einbrecher hätte sie bestohlen, gefesselt oder sie gar umgebracht, aber sich nicht zu ihr ins Bett gelegt. Die Polizei würde ihr kaum glauben, dass ein Einbrecher in ihrem Bett lag und in tiefstem Schlaf versunken war. Sie beschloss, die Situation alleine zu klären. In einer Küchenschublade lag eine Dose Pfefferspray, in einer anderen ein schweres Nudelholz. Mit dem Nötigsten bewaffnet, untersuchte sie die Eingangstür im Flur, die ordnungsgemäß verschlossen war. Die Fenster in der Wohnung waren alle verschlossen. Sie begriff nicht, wie der Kerl in ihre Wohnung gekommen war!?

Sie schloss die Schlafzimmertür leise auf, postierte sich in gebührendem Abstand vor dem Bett und schrie:

„Raus hier, sonst rufe ich die Polizei!" Der fremde Mann saß plötzlich aufrecht im Bett. Während ihre Augen sich mittlerweile an die Dunkelheit gewöhnt hatten, schien er deutliche Orientierungsschwierigkeiten zu haben.

„Nein, bitte nicht, ich kann Ihnen alles erklären!" Seine Stimme klang flehentlich, fast verzweifelt. Das war kein Einbrecher. Wieder Frau der Lage knipste sie die Schlafzimmerlampe an und schaute ihm fest ins Gesicht.

„Wer sind Sie und wer hat Ihnen erlaubt, sich ungefragt in mein Bett zu legen?" Der Fremde saß aufrecht im Bett, zog sich das Deckbett verschämt bis zum Kinn über seinen scheinbar nackten Körper und bat sie um einen Morgenmantel, da er nichts anhabe.

„Sie rühren sich keinen Zentimeter aus dem Bett, solange ich nicht weiß, wer Sie sind und wie Sie hereingekommen sind."

„Ich bin der Nikolaus", antwortete er zaghaft.

„Sie sind … wer?" Sie glaubte, ihren Ohren nicht trauen zu dürfen.

„Ich bin für eine Agentur unterwegs und fülle Nikolausstiefel vor Wohnungstüren. Als ich in Ihre Straße einbog, fing es plötzlich fürchterlich an zu regnen und ich war kurzum nass bis auf die Haut."

„Als Nächstes werden Sie mir weismachen, im Himmel sei Jahrmarkt. Ich rufe besser die Polizei, denen können Sie Ihre Märchen erzählen."

„Bitte warten Sie. In Ihrem Badezimmer hängen meine Kleider über der Heizung. Ihr Badezimmerfenster war einen Spalt weit offen und von dort bin ich auch rein gekommen.

Eine Kleinigkeit, es zu öffnen und hinein zu klettern. Die Lichter in

Ihrem Fenster waren so einladend, der Tannenduft und der Geruch nach gebackenen Keksen in Ihrer Wohnung so verlockend. Ich fror und fühlte plötzlich eine bleierne Müdigkeit und so bin ich zu Ihnen ins Bett gekrochen. Ich wollte mich nur ein wenig aufwärmen und ein wenig ausruhen und ganz leise wieder verschwinden. Sie hätten nichts gemerkt."

So eine wirre und unglaubliche Geschichte hatte ihr noch niemand erzählt. Der Mann in ihrem Bett war um die dreißig, hatte leuchtend blaue Augen und einen dichten dunklen Wuschelkopf.

„Rühren Sie sich keinen Zentimeter von der Stelle." Sie schloss ihn erneut im Schlafzimmer ein, ging ins Bad – und tatsächlich hing ein rotes Nikolauskostüm fein säuberlich über der Heizung. Der volle weiße Bart, vom Regen durchtränkt, lag über dem Badewannenrand und seine feuchten Schuhe standen ordentlich nebeneinandergestellt neben der Badewanne. Der Regen prasselte gegen ihre Fensterscheibe. Lag in den letzten Tagen noch alles unter einer tiefen Schneedecke, so riss der strömende Regen die weiße Pracht unerbittlich mit sich und verwandelte sie in eine weißgraue Flüssigkeit. Bei diesem Wetter würde man nicht mal einen Hund vor die Tür jagen. Alle Angst war von ihr abgefallen, im Gegenteil, die Situation war urkomisch und belustigte sie. Ob ihr jemand diese Geschichte glauben würde? Sie nahm ihren dunkelroten Frotteebademantel vom Haken, suchte im Flur nach ein paar dicken Socken und ging ins Schlafzimmer zurück.

„Ziehen Sie sich etwas an. In der Zwischenzeit koche ich Ihnen einen heißen Tee." Sie warf ihm die Sachen aufs Bett und ging in die Küche. Der Duft von Kräutertee zog wohlriechend durch die Küche, als sich der Nikolaus an den Tisch setzte und nach einem Lebkuchen griff.

„Ich heiße übrigens Klaus."

„Und ich Ina."

Ina setzte sich zu ihm an den Tisch und goss ihm und sich eine Tasse heißen Tee ein.

„Ihre Sachen sind noch nicht trocken. So können sie die nicht anziehen."

„Ich muss aber weiter, ich habe noch viele Stiefel zu füllen. Wenn ich das nicht mache, wird mich die Agentur nicht bezahlen. Und ich brauche das Geld dringend, ich bin Student."

„Ich werde Ihre Kleider in den Wäschetrockner stecken und bei kleiner Temperatur dürfte alles in einer Stunde trocken sein. Solange können wir aber noch schlafen."

„Eine gute Idee", antwortete der Nikolaus erleichtert.

Eingekuschelt in Inas dunkelroten Frotteebademantel schlief Klaus sofort wieder ein.

Als Inas Wecker klingelte, war er bereits weg.

Auf dem Küchentisch lag eine Schachtel Merci-Schokolade, daneben fand sie einen Zettel.

> „Mein rettender Engel,
> ich möchte dich unbedingt wiedersehen.
> Danke für alles.
> Ich rufe dich heute Abend an.
> Dein Nikolaus.

Von Giftmischern und Parkhäusern

Sie traute ihren Augen kaum. „Das kann ja wohl nicht wahr sein!", entfuhr es ihr, lauter, als sie es beabsichtigt hatte. Sie drehte sich um, doch niemand schien ihren Worten eine Bedeutung zu schenken. Sie eilte an den Notknopf und schilderte über einen kleinen Lautsprecher ihr Problem. Fassungslos musste sie sich anhören, dass es der Stimme am anderen Ende der Leitung zwar leidtäte, sie ihr aber auch nicht helfen könne und sie knapp sechzig Euro bezahlen müsse, um ihr Auto auszulösen. Sie eilte los, fest entschlossen, ihr Schicksal selbst in die Hand zu nehmen.

Vor zwei Tagen hatte sie, einem spontanen Impuls folgend, den Weihnachtsmarkt am Breitscheidtplatz besucht. Vorher hatte sie ihren schwarzen Corsa im Parkhaus an der Nürnberger Straße, gleich in der ersten Etage auf einem für Frauen ausgewiesenen Parkplatz abgestellt und war guter Dinge zum Weihnachtsmarkt gelaufen. Sie erfreute sich an einem heißen Glühwein, aß einen Bratapfel und frisch geröstete Mandeln und wollte schon fast wieder den Heimweg antreten, als ein gut aussehender Mann sie ansprach und sie in ein Gespräch verwickelte. Er wirkte sympathisch und offen, und nie wäre sie auf den Gedanken gekommen, ihm inmitten der vielen Menschen zu misstrauen. Er konnte sie zu einer Currywurst überreden, und nachdem sie satt und zufrieden war, spendierte er ihr einen Kräuterlikör in einer kleinen Flasche.

„Auf ein schönes Weihnachtsfest!" Er hatte den Verschluss seines Fläschchens bereits abgeschraubt und hielt seine Flasche hoch. „Pling", machte es kurz, als beide Fläschchen gegeneinanderstießen. Das tat gut! So ein Kräuterlikör räumte den Magen sicher richtig auf. Sie bedankte sich für seine nette Begleitung und trat, gut gelaunt, den Rückweg an.

Plötzlich drehte sich alles um sie herum. Krämpfe durchschüttelten ihren Körper, ihr wurde abwechselnd heiß und kalt und an mehr konnte sie sich nicht erinnern. Als sie die Augen aufschlug, blickte sie in das freundliche Gesicht einer Ordensschwester.

„Wo bin ich?", fragte sie mit kaum hörbarer Stimme.

„Im Krankenhaus. Bleiben Sie ganz ruhig liegen, bald geht es Ihnen wieder gut."

„Was ist passiert?" Fragend blickte sie in die Augen der Schwester.

„Sie waren ohnmächtig, als Sie hier ankamen. Wir haben Ihnen den Magen ausgepumpt, denn da war etwas drin, das er gar nicht bekömmlich fand. Ich bin übrigens Schwester Theodora, die Oberin des Franziskus-Krankenhauses, in das man Sie sofort gebracht hat. Und wenn es Ihnen wieder besser geht, werden Sie mir sicher verraten, wer Sie sind und an was Sie sich erinnern können."

„Bestimmt", murmelte sie und schlief bereits wieder ein.

Sie hatte das Gefühl wochenlang geschlafen zu haben. Der klopfende

Kopfschmerz hinter ihren Schläfen hatte sich gelegt, der Magen schien noch ein wenig zu rebellieren, aber sie fühlte sich schon wieder ganz passabel. Schwester Theodora wollte sie jedoch noch einen Tag zur Beobachtung im Krankenhaus behalten. Die Erinnerung kam nur in kleinen Fetzen. Weihnachtsmarkt, der nette Mann, mit dem sie sich unterhalten hatte, der Likör und dann ... Filmriss. Schwester Theodora riet ihr ernsthaft, eine Anzeige bei der Kriminalpolizei zu erstatten, denn wie man bereits wusste, war ein Giftmischer auf den Weihnachtsmärkten unterwegs und vergiftete Menschen.

„Es sieht ganz danach aus, als seien Sie eines seiner Opfer. Versuchen Sie sich zu erinnern, ob Sie ihn beschreiben können. Die Polizei ist sehr daran interessiert, bevor er noch anderen Menschen schaden kann."

Sie strengte sich an und konnte der Polizei, die Schwester Theodora eigens für sie gerufen hatte, detaillierte Auskünfte geben. Als ihr das Ausmaß dieses Anschlages bewusst wurde, wollte sie nur noch eins, nach Hause, in ihre eigenen vier Wände und schlafen, nichts als schlafen ... Nun stand sie im Parkhaus und glaubte kaum, was ihr da widerfahren war. Eine Parksumme, die horrender nicht sein konnte und eine Lautsprecherstimme, die keinerlei Mitgefühl zeigte. Der Frauenparkplatz war gleich in der ersten Etage. Sie fand sehr schnell zwei kräftige junge Burschen, die bereit waren, für einen anständigen Obolus die Ausfahrschranke auszuhebeln und ihre eine freie Fahrt nach Hause zu ermöglichen.

Anmerkung: Im Winter 2011 trieb sich ein Giftmischer auf Berlins Weihnachtsmärkten herum.

Der Weihnachtsmann

„Komm jetzt bitte essen, Tobias." Die Stimme der Erzieherin hatte einen etwas unwirschen Unterton. Max rührte sich nicht von der Stelle, wischte sich schnell ein paar Tränen aus den Augenwinkeln und schaute stur vor sich hin. Michaela setzte sich zu ihm auf die kleine Bank in der Garderobe.

„Willst du mir nicht endlich sagen, was mit dir los ist? Ich sehe doch, dass du geweint hast."

Max blickte sie an. „Gibt es den Weihnachtsmann, oder nicht?" „Ja, klar gibt es ihn. Ihr habt doch vor ein paar Tagen eure Wunschzettel für ihn gebastelt. Wie kommst du darauf, dass es ihn nicht geben könnte?"

Max schluckte. „Als die Hortkinder vorhin aus der Schule kamen, hat Tobias gesagt, es sei alles Blödsinn und nur Gerede. Den Weihnachtsmann gibt es gar nicht, die Geschenke kaufen die Eltern."

Daher wehte also der Wind. Michaela nahm den knapp Fünfjährigen auf den Schoß, strich ihm liebevoll durch die wuscheligen blonden Haare und überlegte verzweifelt, wie sie das heile Bild vom Weihnachtsmann in Max' kindlichem Köpfchen wieder herstellen konnte.

„Du musst nicht alles glauben, was Tobias sagt. Du darfst dich auch in diesem Jahr wieder auf den Weihnachtsmann freuen. Komm, lass uns zu Tisch gehen, die anderen warten schon auf uns."

Michaela war ein wenig unbehaglich zumute. Aber war es ihre Aufgabe, den Kindern die Wahrheit zu sagen? Dafür waren die Eltern zuständig und nur sie wussten, wann der richtige Zeitpunkt dafür gekommen war.

Max beruhigte sich wieder und ging an Michaelas Hand mit in den Gruppenraum. Als die jüngeren Kinder ihren Mittagschlaf hielten, ging Michaela in den Hortbereich und sprach ein ernstes Wort mit dem neunjährigen Tobias, der bereits in seine Hausaufgaben vertieft war.

„Tobias, warum sagst du so etwas, dass es keinen Weihnachtsmann gibt? Damit stößt du die Kleineren ganz schön vor den Kopf."

„Das stimmt doch. Das Gerede um den Weihnachtsmann ist doch völliger Blödsinn, das weiß doch inzwischen jedes Kind", entgegnete Tobias, sich seiner stolzen neun Jahre durchaus bewusst.

„Eben nicht. Du bist so weit, dass du den Unterschied zwischen Kinderglauben und dem wahren Leben verstehst. Lass den Kleinen ihre kindlichen Illusionen, solange sie die noch ausleben können. Findest du nicht, dass es Sache der Eltern ist, ihre Kinder behutsam aufzuklären, wie es sich mit dem eigentlichen Weihnachtsfest und der heutigen Tradition verhält?"

Tobias sah Michaela nachdenklich an.

„Ich hab da wohl ziemlichen Mist gebaut, oder?"

„Du hast einfach nicht hinreichend nachgedacht", entgegnete Michaela versöhnlich. „Vielleicht versuchst du dich zukünftig immer erst in die Rolle des anderen hineinzuversetzen. Dann kommt es nicht soweit, dass dessen Träume wie Seifenblasen zerplatzen."

Das kleine Glück

Es war am Tag vor dem Heiligen Abend. Unzählige kleine weiße Schneeflocken verwandelten die Welt in eine weiße Puderzuckerlandschaft.

Wie so oft in der letzten Zeit, lag Anna in freudiger Erwartung auf dem Sofa. Dabei gingen ihre Gedanken zurück in die Vergangenheit und schufen Pläne für die Zukunft.

Mit dem Wort Glück hatte sie in ihrem bisherigen Leben oft auf Kriegsfuß gestanden. Glück hatten meistens nur die anderen, ihr war das Glück oft versagt geblieben.

Die Zeit, in der sie dieses Wort und die Tragweite seiner Bedeutung noch nicht zu verstehen vermochte, verbrachte sie im Kindergarten. Sie war ein blasses Mädchen mit hellblauen, wachen Augen, immer etwas zurückhaltend, aber sie hatte Freundinnen und Freunde, mit denen sie ihre Kindergartenzeit in einigen Phasen unbeschwert verbrachte.

Doch eines Tages veränderte sich ihr Leben grundlegend. Monat für Monat freuten sich die Kinder, wenn die Messlatte ihrer Körpergröße ein wenig nach oben schnellte. Annas Messlatte veränderte sich nicht. Mit fünf Jahren bat sie ihre Eltern unter Tränen, sie vom Kindergarten abzumelden. Sie ging nur noch mit Widerwillen hin, nachdem einige Kinder nicht mehr mit ihr befreundet sein wollten, weil sie nicht wuchs. Sie musste erleben, wie sie gehänselt wurde und ihr klangvoller Name ANNA verschandelt wurde. Für einige war sie zu Lili geworden, die Kurzform von ,Liliputaner'. Ein dunkler Schatten hatte sich auf ihre verletzliche Seele gelegt.

Eine Freundin war ihr aus der Kindergartenzeit geblieben und mit ihr eingeschult worden, Felicitas, ein selbstbewusstes Mädchen von knapp sechs Jahren, fast zwei Köpfe größer als Anna Sie hielt ihre schützende Hand über die verletzliche Anna, wie ein kleiner Schutzengel.

Mit einfühlsamen Worten erklärte die junge Lehrerin ihrer neuen Klasse 1b, warum Anna im Gegensatz zu ihren Klassenkameraden so klein war. Und nach langer Zeit fühlte sich Anna wieder wohl. Sie hatte eine schnelle Auffassungsgabe, lernte mit Freuden und übernahm gerne allgemeine Aufgaben in der Klasse, bei denen die anderen erst einmal überlegten, um letztendlich doch zu zögern.

Anna wurde das Mädchen für alles und sie genoss die Rolle, ihr körperliches Defizit durch soziale Aufgaben zu kompensieren. Sie wurde Klassenbeste. Doch ihre guten Noten gefielen nicht allen. Anna spürte Neid und Feindseligkeiten. Als sie von einigen aus ihrer Klasse als Streberin abgestempelt wurde, ließen ihr Fleiß und ihre Offenheit schlagartig nach. Sie zog sich zurück und wurde zu einem kleinen grauen Mauerblümchen. Selbst Felicitas kam nicht mehr an sie heran. Und als ihre einzige Freundin mit ihren Eltern in eine andere Stadt zog, fühlte sich Anna schutzlos sich selbst überlassen.

Als sie sieben Jahre alt war, wurde ihr Bruder Gregor geboren. Er war ein hübsches Baby mit hellblauen Augen und unzähligen schwarzen kleinen Löckchen, die sein blasses, zartes Gesicht umrahmten. Liebevoll und voller Eifer kümmerte sich Anna um den Familienzuwachs. Doch Gregor war ein kränkliches Kind, das von den Eltern mit aller Fürsorge und Liebe umsorgt wurde. Anna hingegen stand immer mehr in seinem Schatten. Sein angeborener Herzfehler konnte nicht erfolgreich operiert werden, das kleine Herz war zu schwach. Er verstarb auf dem Operationstisch.

Annas Eltern konnten den Verlust nicht verwinden. Die Ehe der Eltern ging endgültig in die Brüche, als Annas Vater eines Tages mit zwei Koffern auszog. Annas Mutter begann zu trinken und zerbrach an ihrem Leben. Der fatale Kreislauf von Alkohol und Tabletten, dem Verlust der Arbeit und der Selbstzerstörung nahm seinen Lauf. Sie lebte immer mehr in ihrer eigenen Welt. Wenn sie Anna mit ihren glasigen Augen ansah, so sah sie nicht ihr Kind, das nach ein wenig Liebe und Anerkennung verlangte, sondern nur noch den Menschen, der ihr beim Aufstehen und Anziehen half und den sie losschicken konnte, wenn der Schnaps alle war. Alle Bemühungen Annas, die Liebe der Mutter zu gewinnen, blieben erfolglos.

Anna begann, hin und wieder die Schule zu schwänzen, ihre Mutter reagierte nicht auf die Elternbriefe der Lehrerin und diese musste hilflos zusehen, wie Anna ohne Fürsorge und Liebe aufwuchs. Sie hatte keine andere Wahl, als das Jugendamt einzuschalten.

Mit einer sofortigen richterlichen Verfügung wurde Anna aus ihrem vertrauten Umfeld gerissen und kam in ein Heim. Das zog ihr völlig den Boden unter den Füßen weg. Ihr Schicksal lag in den Händen fremder Menschen, die sich kaum die Mühe machten, sich eingehend mit ihr zu beschäftigen.

Es dauerte eine Zeit, bis Annas Mutter die Kraft fand, sich in einer Klinik einem Entzug zu stellen. Sie war jedoch mit sich und ihrem eigenen Leben so sehr beschäftigt, dass sie Anna zum Geburtstag und zu den Feiertagen lediglich eine Karte schrieb, mehr nicht. Eine Kinderseele war für immer zerbrochen.

Anna hatte das Gefühl, völlig vergessen worden zu sein. Ihr Vater hatte eine neue Familie gegründet und beruhigte sein Gewissen damit, gelegentlich im Heim anzurufen und sich bei der Leitung nach Annas Wohlbefinden zu erkundigen. Mit Anna selbst sprach er kein Wort. Die Grüße, die er an sie ausrichten ließ, wollte Anna nach einer bestimmten Zeit nicht mehr hören.

Von Wohlbefinden war bei Anna keine Spur zu finden. Sie war sehr klein geblieben und lange Zeit der Spielball der anderen, die sich über ihre Körpergröße immer wieder lustig machten. Anna wehrte sich nicht, dazu hatte sie keine Kraft mehr. Oft wünschte sie sich, sie wäre an Stelle des kleinen Gregor gestorben. Niemand würde sie vermissen und ihre Eltern hätten sich vielleicht nicht getrennt.

Sie besuchte mittlerweile die zehnte Klasse der Realschule und ließ ihre einzigartigen Fähigkeiten in künstlerischer und musischer Richtung völlig verkümmern, aus Angst, wieder als Streberin abgestempelt zu werden. Als der Schulabschluss näher kam, stellte sich auch die Frage, was aus ihr werden sollte. Sie wusste, dass sie in diesem Heim aus Altersgründen nicht bleiben konnte.

Eines Morgens, Anna wischte gerade im Speisezimmer die Tische nach dem Frühstück ab, kam die Heimleiterin und forderte Anna auf, ihr ins Büro zu folgen. Anna legte erschrocken den Lappen in den Eimer, ließ alles stehen und folgte ihr, mit einem unguten Gefühl im Magen.

Als sie das Büro betrat, erhob sich eine blonde Frau aus dem Stuhl vor dem Schreibtisch und blickte Anna erwartungsvoll an.

„Hallo Anna", erklang die Stimme ihrer Mutter.

„Was willst du?", brachte Anna mühsam hervor. Sie spürte den Boden unter sich schwanken.

„Ich will dich nach Hause holen, in meine neue Familie."

Anna blickte auf den breiten Goldring am rechten Ringfinger ihrer Mutter und blickte sie entsetzt an.

„Dazu kommst du ein paar Jahre zu spät."

Anna drehte sich abrupt um und eilte aus dem Büro, direkt hinaus in das Zimmer, das sie mit der gleichaltrigen Corinna teilte. Corinna nahm ihre Kopfhörer aus den Ohren und blickte verwundert zu

Anna, die sich schluchzend auf ihr Bett geworfen hatte und ihren Tränen freien Lauf ließ.

„Was ist denn mit dir los?", fragte sie Anna unsicher.

Anna gab keine Antwort. Sie hatte gelernt, sich mit ihrem Kummer in sich selbst zurück zu ziehen und alleine damit klarzukommen.

Ein langes Gespräch mit der Heimleiterin am Abend gab Anna ein wenig Sicherheit. Niemand konnte sie zwingen, nach all den Jahren der Ignoranz zu ihrer Mutter zurück zu kehren. Frau Peters, die mit gebotener Strenge das Heim leitete, zeigte zum ersten Mal warme und mütterliche Gefühle gegenüber einem ihrer Schützlinge.

Anna schaffte einen durchschnittlichen Abschluss der zehnten Klasse und bekam eine Lehrstelle als Floristin in einer Gärtnerei. Das Jugendamt kümmerte sich darum, dass sie in eine Gruppe gleichaltriger Mädchen in eine betreute Wohngemeinschaft umziehen konnte. Sie war es gewohnt, hin und her geschickt zu werden und stellte sich jetzt schon seelisch darauf ein, erneut Etliches an Frotzeleien und Anspielungen ertragen zu müssen.

Das hatte sie bereits zu oft in ihrem kurzen Leben erlebt.

Sie hatte nichts mehr von ihrer Mutter und ihrem Vater gehört und hatte das Thema FAMILIE aus ihrem Wortschatz verbannt. Den Wunsch nach einer eigenen Familie wagte sie nicht einmal zu träumen. Wer wollte schon ein unscheinbares, kleines und farbloses Mädchen, das vom Leben so enttäuscht war?

Anna machte die Ausbildung Spaß. Zum ersten Mal in ihrem Leben konnte sie ihre Talente, ihre Kreativität und ihre Freude an Pflanzen und Farben ausleben. Nach einem Jahr baten viele Kunden in der Gärtnerei darum, dass ihre Sträuße und Gestecke ausschließlich von Anna angefertigt wurden. Es tat ihrer zarten Seele unendlich gut, in dieser Weise anerkannt zu werden.

Hier hatte sie eine Art Familie gefunden, die ihr bislang versagt geblieben war. Niemand neckte sie, niemand redete hinter ihrem Rücken und niemand belächelte sie wegen ihrer Körpergröße.

Mit achtzehn durfte Anna ihren Führerschein machen und mit dem Auto der Gärtnerei ihre Bestellungen selbst ausliefern. An die verwunderten Blicke der anderen hatte sie sich gewöhnt.

Anna hatte immer sehr bescheiden gelebt. Sie leistete sich nur das Nötigste, das sie zum Leben brauchte. Selbst, wenn ihr das Glück einer eigenen Familie versagt bleiben würde, so sparte sie jeden Cent für eine kleine gemütliche Wohnung, ihrer Körpergröße angemessen. Abends, wenn ihre Zimmernachbarin schlief, nahm sie oft eine Taschenlampe und einen Zeichenblock und richtete ihre ‚Puppenstube', wie sie ihr zukünftiges Heim selbst betitelte, ein. Sie sehnte sich danach, unabhängig zu sein und ihr Leben eigenständig in die Hand zu nehmen.

Jedes Mal, wenn sie ein Trinkgeld bekam, legte sie es für ihre Wohnung zur Seite. Somit hatte sich bereits eine ansehnliche Summe angehäuft.

Das Ende ihrer Lehrzeit schloss sie mit einer sehr guten Prüfung ab, und als das ältere Ehepaar ihr anbot, als Floristin in der Gärtnerei zu bleiben, konnte sie es kaum fassen. Zum ersten Mal in ihrem Leben bekam das Wort „Glück" ein Gesicht. Anna strahlte mit den frisch erblühten Sonnenblumen um die Wette. Sie ahnte nicht, dass sie auserkoren war, die Gärtnerei später einmal übernehmen zu können, denn Herr Schuster wurde heftig vom Rheuma geplagt und Frau Schuster stand mit ihren Bandscheiben auf Kriegsfuß. Der einzige Sohn lebte mit seiner Familie in Australien und hatte alles andere im Sinn, als das elterliche Geschäft zu übernehmen. Die kleine Anna war den beiden Älteren sehr ans Herz gewachsen.

Eines Abends, kurz vor Feierabend, fragte Frau Schuster unvermittelt:

„Sag mal Anna, du bist nun volljährig und willst doch sicher mal auf eigenen Füßen stehen? Ihr jungen Leute wollt doch so früh wie möglich eure eigene Wohnung haben. Hast du diesbezüglich noch keine Pläne?"

Anna fühlte sich von dieser Frage völlig überrumpelt.

„Ja – doch", begann sie zögerlich. „Ich habe mit dem Jugendamt bereits gesprochen und wenn ich etwas Passendes finde, möchte ich aus der Wohngruppe ausziehen. Mich hält da nichts mehr."

„Komm mal mit", sagte Frau Schuster, schloss die Ladentür ab und ging quer über den Hof zum Haus der Schusters.

Mühsam keuchte Frau Schuster die Stufen bis ins Dachgeschoss hoch. Anna folgte ihr. Sie war zwar schon oft im Haus der Schusters, aber nie weiter als bis zum Erdgeschoss gekommen. Frau Schuster hielt sich an der obersten Treppenstufe schwer atmend am Treppengeländer fest und wartete darauf, dass sich ihr Puls wieder beruhigte. Sie schloss eine weiß gestrichene Tür neben der Treppe auf.

„Geh ruhig rein und schau dich um", forderte sie Anna freundlich auf.

Anna trat vorsichtig in den kleinen Flur, von dem rechts zwei kleine Zimmer abgingen und blieb mit offenem Mund im ersten Zimmer stehen. Auf der gegenüberliegenden Seite waren eine kleine Küche und ein Bad mit Dusche. Alles war frisch renoviert und sah freundlich und einladend aus.

„Das ist Steffens Junggesellenwohnung, die seit seiner Heirat leer steht. Wir haben sie kürzlich renovieren lassen und haben vor, sie zu vermieten."

Anna konnte sich gar nicht satt sehen und in Gedanken sah sie ein paar Möbel, die sie zu den bereits vorhandenen noch brauchte, schon an Ort und Stelle stehen. Fragend blickte sie Frau Schuster an.

„Du musst nur ja sagen, dann kannst du sofort einziehen. Und wir ersparen uns Inserate. Außerdem – wir haben dich lieb gewonnen und würden uns freuen, dich im Haus zu wissen und nicht irgendeinen Fremden."

Anna konnte vor Freude nichts sagen. Sie umarmte Frau Schuster in deren Busenhöhe und stammelte ein leises „Gerne!"

Diese Art von Emotionen kannte Frau Schuster nicht von Anna und sie umfasste das zerbrechliche, kleine Wesen und drückte es an ihren mütterlichen Busen.

Nach Feierabend zog Anna durch die Kaufhäuser. Mit viel Liebe kaufte sie alles, was ihr in der Wohnung noch fehlte und vier Wochen später lud sie die Schusters zu einem duftenden Einweihungsessen ein. Sie hatte gekocht, ein Menu mit Vorsuppe, Hauptgang und Nachspeise. Das Schustersche Haus duftete nach Braten und Klößen, Rotkohl und Schokoladencreme. Die Schusters waren begeistert und hatten das Gefühl, zu ihrem Sohn eine Tochter gewonnen zu haben.

Herr Schuster zog sich mehr und mehr aus dem Geschäft zurück. Er konnte sich auf Anna hundertprozentig verlassen. Selbst, als er zu einer Operation und einer anschließenden Reha musste, zu der Frau Schuster unbedingt mitfahren wollte, gelang es ihr, den Verkaufsladen mit mehr Umsätzen zu führen. Für die Gärtnerei hatten die Schusters zwei junge Männer eingestellt, die Anna als Chefin respektierten und unterstützten, wo sie konnten. Anna bedankte sich mit selbst gebackenen Kuchen und Keksen und sie war stolz auf sich und ihre ‚Jungs'.

Anna band einen Kranz und war so damit beschäftigt, dass sie gar nicht merkte, dass ein Kunde den Laden betreten hatte. Erst, als jemand sagte: „Hätten Sie mal einen Augenblick Zeit für mich?", schaute sie irritiert auf.

Zwischen hoch gewachsenen Palmen und Gummibäumen, unmittelbar vor den blauen Iris, den lachsfarbenen Rosen und den gelben Gerberablüten stand ein junger Mann, mit dunkelbraunen Augen, einem Oberlippenbart und einem bezaubernden Lächeln. Er strahlte Anna an.

„Na, so was", bemerkte er erstaunt. Sein Blick glitt von Annas Kopf abwärts, bis zu ihren Füßen. Anna war ebenso erstaunt und betrachtete den neuen Kunden ebenso interessiert.

Er war wie sie, kleinwüchsig. Und er war sogar noch wenige Zentimeter kleiner als sie. Anna hatte nie an so etwas geglaubt, an die Liebe auf den ersten Blick und doch hatte sie der Pfeil des Amor mitten ins Herz getroffen.

Der geheimnisvolle Kunde schaute regelmäßig vorbei, kaufte eine Rose, die er Anna nach dem Bezahlen schenkte und es dauerte nicht lange, bis Anna und Tommy sich verabredeten.

Die Schusters verfolgten die wachsende Liebe zwischen den beiden mit stiller Freude. Nach einem Jahr heirateten sie und Tommy zog zu Anna in die Puppenstube.

Anna lag auf der Couch, die Augen geschlossen, die Hände über dem Bauch gefaltet.

„Tommy, holst du bitte den kleinen Koffer? Ich glaube, es ist soweit."

Tommy legte seine Zeitung zur Seite, half seiner Frau aufzustehen und nahm vorsichtig ihre Hand. In der anderen Hand hielt er den Koffer, der seit Tagen bereit stand. Ein Abenteuer stand beiden bevor, die beginnende Geburt ihres ersten Kindes.

Träume

Ich hatte einen schönen Traum,
der ließ mich in die Zukunft schau'n.
Das Leben war ganz ruhig geworden
und niemand plagte sich mit Sorgen.
Kein Konkurrenzkampf in der Welt,
kein Streit mehr um das liebe Geld.
Ein Leben, ganz in Harmonie,
das wünsch' ich mir gerade,
wie noch nie.

Bisher von Gaby Bessen erschienen:

Schillernd wie Seifenblasen

Seifenblasen erfreuen mit ihrer bunten Farbenpracht. Sie können auch platzen wie die Träume unseres Lebens.

Ganz nah am Leben bewegen sich die Geschichten dieses Buches. Sie laden ein zum Träumen, Lachen und Nachdenken.

ISBN-13: 978-3837090406   Paperback, 120 Seiten, 9,90 €

Kirschmundgeflüster

Wie oft hängen wir an den Lippen anderer, die uns etwas erzählen und deren Worte uns in ihren Bann ziehen. Das Spiel mit Worten führt zu begeistertem Lachen und zu unbeschwerten Fangspielen.Der leichte Flug der zarten Silben führt aber auch zu tieferen Erkenntnissen und Einsichten. Lassen Sie sich von geflüsterten Gedanken und lauten Versen durch den ganz normalen Alltag tragen, der ebenso amüsante wie auch nachdenkliche Augenblicke bereit hält.

ISBN-13: 978-3839130728   Paperback, 136 Seiten, 9,90 €

Ein prima Klima

Geschichten und Gedichte vom Klima des Herzens und vom Umgang miteinander

„Ein prima Klima" ist keine wissenschaftliche Lektüre zum viel diskutierten Klimawandel. Kurzgeschichten und Gedichte erzählen vom Klima des Herzens und vom Umgang miteinander. Ein gutes zwischenmenschliches Klima wird den globalen Klimawandel nicht aufhalten, jedoch unser persönliches Wohlfühlbarometer positiv ausschlagen lassen. Und gut gelaunt leisten wir lieber unseren Anteil zur Erhaltung eines „Prima Klimas". Probieren Sie es aus.

ISBN:9783839170267   Paperback 114 Seiten, 9,90 €